民国世界文学经典译著·文献版（第八辑：德国俄国及挪威等国戏剧）

◆戏剧·少年党·大匠◆

易卜生集

［挪威］易卜生 著　潘家洵 译

上海三联书店

图书在版编目（CIP）数据

易卜生集 / ［挪威］易卜生著；潘家洵译.
—上海：上海三联书店，2018.4
ISBN 978-7-5426-6143-2

Ⅰ.①易… Ⅱ.①易…②潘… Ⅲ.①剧本—作品集—挪威—近代
Ⅳ.①I533.34

中国版本图书馆CIP数据核字（2017）第296779号

易卜生集

著　　者 / ［挪威］易卜生
译　　者 / 潘家洵

责任编辑 / 陈启甸
封面设计 / 清　风
责任校对 / 江　岩
策　　划 / 嘎　拉
执　　行 / 取映文化
监　　制 / 姚　军

出版发行 / 上海三联书店
（201199）中国上海市闵行区都市路4855号2座10楼
电　　话 / 021-22895557
印　　刷 / 常熟市人民印刷有限公司

版　　次 / 2018年4月第1版
印　　次 / 2018年4月第1次印刷
开　　本 / 650×900　1/16
字　　数 / 340千字
印　　张 / 19.75
书　　号 / ISBN 978-7-5426-6143-2 / I·1345
定　　价 / 98.00元

民国世界文学经典译著 · 文献版

出版人的话

中国现代书面语言的表述方法和体裁样式的形成，是与20世纪上半叶兴起的大量翻译外国作品的影响分不开的。那个时期对于外国作品的翻译，逐渐朝着更为白话的方面发展，使语言的通俗性、叙述的完整性、描写的生动性、刻画的可感性以及句子的逻辑性……都逐渐摆脱了文言文不可避免的局限，影响着文学或其他著述朝着翻译的语言样式发展。这种日趋成熟的翻译语言，推动了白话文运动的兴起，同时也助推了中国现代文学创作的生成。

中国几千年来的文学一直是以文言文为主体的。传统的文言文用词简练、韵律有致，清末民初还盛行桐城派的义法，讲究“神、理、气、味、格、律、声、色”。但这也在一定程度上限制了情感、叙事和论述的表达，特别是面对西式的多有铺陈性的语境。在西方著作大量涌入的民国初期，文言文开始显得力不从心。取而代之的是在新文化运动中兴起的用白话文的句式、文法、词汇等构建的翻译作品。这样的翻译推动了“白话文革命”。白话文的语句应用，正是通过直接借用西方的语言表述方式的翻译和著述，逐渐演进为现代汉语的语法和形式逻辑。

著译不分家，著译合一。这是当时的独特现象。这套丛书所选的译著，其译者大多是翻译与创作合一的文章大家，是中国现代书面语言表述和中国现代文学创作的实践者。如林纾、耿济之、伍光建、戴望舒、曾朴、芳信、李劼人、李葆贞、郑振铎、洪灵菲、洪深、李兰、钟宪民、鲁迅、刘半农、朱生豪、王维克、傅雷等。还有一些重要的翻译与创作合一的大家，因丛书选入的译著不涉及未提。

梳理并出版这样一套丛书，是在还原中国现代文学史上的重要文献。迄今为止，国人对于世界文学经典的认同，大体没有超出那时的翻译范围。

当今的翻译可以更加成熟地运用现代汉语的句式、语法及逻辑接轨于外文，有能力超越那时的水准。但也有不及那时译者对中国传统语言精当运用的情形，使译述的语句相对冗长。当今的翻译大多是在著译明确分工的情形下进行，译者就更需要从著译合一的大家那里汲取借鉴。遗憾的是当初的译本已难寻觅，后来重编的版本也难免在经历社会变迁中或多或少失去原本意蕴。特别是那些把原译作为参照力求摆脱原译文字的重译，难免会用同义或相近词句改变当初更恰当的语义。当然，先入为主的翻译可能会让后译者不易企及。原始地再现初时的翻译本貌，也是为当今的翻译提供值得借鉴的蓝本。

搜寻查找并编辑出版这样一套丛书并非易事。

首先确定这些译本在中国是否首译。

其次是这些首译曾经的影响。丛书拾回了许多因种种原因被后来丢弃的不曾重版的当时译著，今天的许多读者不知道有所发生，但在当时确是产生过一定的影响。

再次是翻译的文学体裁尽可能齐全，包括小说、戏剧、传记、诗歌等，展现那时面对世界文学的海纳百川。特别是当时出现了对外国戏剧的大量翻译，这是与在新文化运动影响下兴起的模仿西方戏剧样式的新剧热潮分不开的。

困难的是，大多原译著，因当时的战乱或条件所限，完好保存下来极难，多有缺页残页或字迹模糊难辨的情况，能以现在这样的面貌呈现，在技术上、编辑校勘上作了十足的努力，达到了完整并清楚阅读的效果，很不容易。

“民国世界文学经典译著·文献版”首编为九辑：一至六辑为长篇小说，61种73卷本；七辑为中短篇小说，11种（集）；八、九辑为戏剧，27种32卷本。总计99种116卷本。其中有些译著当时出版为多卷本，根据容量合订为一卷本。

总之，编辑出版这样一套规模不小的丛书，把世界文学经典译著发生的初始版本再为呈现，对于研究界、翻译界以及感兴趣的读者无疑是件好事，对于文化的积累更是具有延续传承的重要意义。

2018年3月1日

[挪威] 易卜生 著　潘家洵 譯

易卜生集

中華民國十二年六月初版

序

這一集裏頭包含着兩種劇本：少年黨同大匠・少年黨的出版在一八六九年，而大匠的出版在一八九二年，中間整整隔着二十三年的工夫・這兩種東西不但時代相差甚遠，并且他們的性質亦是完全不相同・讀者一定要把這兩點記着，然後看他們的時候才不至於發生疑問同誤會・現在讓我們把這兩種東西的性質來分別地說一說・

少年黨是易卜生的第一種白話社會劇，在社會棟樑，娜拉，尋鬼，國民之敵等劇之前・他從前做的劇本，體裁都是韻文的，材料偏於歷史方面，帶着傳奇的色彩・後來他忽然大變主張，把爲藝術而藝術的態度完全拋棄，專用白話去切實詳明地描寫現代的人生同社會，他的技術亦祇是向着這個目的運用・當時一班批評家很不滿意他，都說他的藝術退化了，然而他並不去理會他們，因爲他覺得他應該做的事情比專去滿足批評家的條件重要得幾倍呢・當時挪喊政治界裏最占勢力的是一派自由黨，和易卜生同時的文學家并且又是他的兒女親家般生差不多就是他們的代表・易卜生的脾氣本是怪僻的；他是個悲觀的評判者，幷且生平極恨政黨同狹義的愛國主義．當時挪威國中這等情形他當然看不慣，因此就做了這個喜劇把那些少年新黨描寫了個淋漓盡致，說他們無非是一羣淺躁儌幸，空言欺人的東西，他們的熱心祇在嘴上，他們的主義祇在話裏．劇中史坦恩斯郭的巧言妙辯使人不由得不想起般生的口才來因此這劇本一出來，不但惹惱了國內的少年黨，幷且激怒了般生．易卜生却老實不客氣地承認他確是要這樣罵他們．這個劇本的意思極顯豁，差不多同國民之敵一樣地容易明白．從他的結構方面說起來，是個十分巧妙的喜劇．

大匠這個劇本屬於易卜生最後一期的著作，性質同前者簡直完全不同．這本劇我們粗一看似乎不能不說他是表象主義．然而細細分析起來才知道如果純粹地或是主要地把他當作一個表象主義的劇本是要走入迷途的．大匠可以說是建築師索爾奈斯的精神歷史，亦就可以說是易卜生自己的精神歷史，換句話說，就是作者自己心象的剖析．我們看他的時候一定要明白他是自傳性質，然而却又不可過於拘泥看成一種嚴格的自傳，因爲有些地方固然是事實，有許多地方却祇是憶想同幻象．譬如索爾奈斯到後來失敗在希爾達手裏，而易卜生却始終是幸運的驕兒．

索爾奈斯不是一個造教堂造住宅的人，是個造劇本，造詩歌的人．他最初造的有高塔的教堂是指易卜生早年做的歷史劇，浪漫劇．後來造的人的住宅代表他的白話社會劇，意思是說社會劇切近人生，對於人類的用處大些．最後造的空中樓閣是指他的描寫精神生活的劇本——大匠就屬於這一類——我們讀着漸漸地覺得人氣少鬼氣多了．

索爾奈斯的私心，懷疑，膽怯，嫉妬，恐怖，怕打着新旗號來敲門的後輩，怕常照顧着他的運氣的轉變——都是易卜生自己的「心史」，都是易卜生自己的「供狀」．易卜生是個「無師自通」的人，他始終沒有受過職業方面的訓練，他祇是一味地憑着自己的天才，仗着長在的運氣——就是書裏所說的「山精」同「幫忙的人同伺候的人」一類的東西——成就了他自己的事實．第二幕裏有索爾奈斯同希爾達的一問一答說這層意思最明顯：

希　為什麼你不像別人似的自己叫自己建築家？

索　因為我從前沒有十分有統系地去

學他．大部分我知道的東西都是我自己找出來的．

因爲他自己不是『正途』出身，所以怕可以做他敵手的後輩．因爲運氣常在他的一邊，所以他心裏老是戰戰兢兢地怕運氣轉變．但是他享受這個運氣亦花了很貴的代價．世上的事情公平得很，享什麼權利就要出什麼代價．易卜生享的機會特別地好，所以他出的代價亦特別地貴，不過或者不大顯著，別人不很容易覺得罷了．他出的代價是什麼，就是借着索爾奈斯嘴裏說出來的種種心裏的不安寧．惟其他是運氣的驕兒，所以更怕他轉變．勃羅徵克，凱雅這些人都是運氣的棄兒．索爾奈斯壓倒了勃羅徵克父子，所以他口口聲聲怕報應的來．易卜生說過，『良心是守舊的．』這個劇本裏就描寫着一個有病的良心．建築師索爾奈斯有頭暈的毛病，不能爬得像他造得那樣高，就是說作者的舉動不能像他的思想那樣自由．

希爾達這個角色或者可以說是一個代表少年的記號．少年是勇往直前不肯容情的，把老年半強逼半引誘地弄到極高的地方去做極難的事情，然而老年的體力同精神都不够了，所以終於一敗塗地．

易卜生心裏的希爾達的模型究竟是誰，這個推測各人不同，並且亦不能說是專指定一個人。不過有一個人至少可以說是他的主要模型。一八八九年易卜生在 Gassensas 過夏的時候，無意中遇見一個名字叫巴遜赫的維也納女子。他們兩個——一個六十一歲的老頭兒，一個十七八歲的女孩子——不知怎麼樣一來竟異常地親熱起來，感情十分融洽，彼此很談得到一塊兒。雖然不久他們就分了手，然而易卜生精神上所受的影響可以說是極大。這件事隨便一看似乎奇怪，似乎不可解。其實仔細一想十分近情，十分自然。易卜生一生的時間，心思，精力，都是用在深思凝想埋頭工作裏頭。他雖然會分析，剖解情感，然而卻不會親身實地享受領略過這種細膩，神秘的滋味。所以有一機會便自然發生了這種結果。我們如果懂得這一點，當然就可以懂得這件事情怎麼樣影響易卜生晚年的精神生活，並且亦可以幫助了解易卜生寫這個劇本時候心象的背景。

至於索爾奈斯說的希望他心裏盼望一樁事情發生，別人就會覺得這件事真正發生了——這並不是神秘的事情，因爲這種現象不過是一種催眠作用，實際上可以做得到的總之，我再申說一遍，我們再想了解大匠的意義，切不可把他當作一個神秘的表象劇，要把他看作一篇作者心象方面的自傳，然而卻又不可太拘泥了．

一九二二，六，一六，譯者．

易卜生集

少年黨

劇中人

勃拉次保爵爺（鐵廠主人。）此處「爵爺」兩字並非世襲的爵位，是指挪威國王賜給有家私和有身分的人的一種榮銜而言。

勃拉次保（姓）伊呂克（名）（爵爺子，商人。）

陶拉（爵爺女。）

賽爾瑪（伊呂克妻。）

費爾博（鐵廠醫生。）

史坦恩斯郭（律師。）

孟森（司通里地方的田主。）

孟森（姓）柏斯督（名）（他的兒子。）

瑞娜（他的女兒。）

海爾（神學家，司通里的教書先生。）

凌代爾（鐵廠經理。）

冷特斯丹（姓）安兌爾（名）（鄉下財主。）

赫利（姓）丹尼爾（名。）

倫鐸爾門夫人（一個酒館主人的寡婦。）

阿斯拉克孫（印刷人。）

爵爺家女僕一。

男僕一。

倫鐸爾門夫人家女僕一·

市民，爵爺家賓客，以及其他的人·

(劇中事實發生在鐵廠附近，離着挪威南部一個商業城不遠的地方·)

第一幕

(五月十七，挪威獨立紀念日·爵爺家裏場上大家正開慶祝會·後面樂聲並作，樹間綴着五色燈火·中間靠後設着一座講壇·右邊是一個茶點休憩大帳篷的入口，前面放着一只桌子同許多長椅·前面靠左，又有一只桌子，用花裝飾着，周圍都放着躺椅·)

(一大羣人·冷特斯丹紐孔上綴着一個黨徽，站在講壇上·凌代爾站在桌子左邊，亦戴着黨徽·)

冷　——所以，諸位同胞，我們慶祝我們的自由——旣是我們的祖宗把自由傳給我們，我們應該替自己同我們的子孫把他保存着纔是！　紀念節萬歲！　五月十七日萬歲！

衆人　萬歲！　萬歲！　萬歲！

凌　(正當冷特斯丹下壇的時候·)　還有老冷特斯丹萬歲！

幾個人聲　噓！　噓！

許多人聲　（蓋過那些人的噓聲・）　冷特斯丹萬歲！　老冷特斯丹萬歲！　萬歲！

（大衆漸漸散去・孟森父子，史坦恩斯郭，同阿斯拉克孫擠向前來・）

孟　你放心，到了用不着他的時候了！

阿　方才他說的是本地情形！　哼哼！

孟　我記得他年年說來說去老是那幾句話！　這邊走・

史　不對，不對，孟森先生，不是那邊・　我們把令嫒擱下了・

孟　哦，不妨事，瑞娜會找着我們的・

柏　她用不着找我們，有海爾陪着她呢！

孟　不錯，有海爾呢　（很親熱地用肘推推史坦恩斯郭・）　但是你有我，還有別人，在這裏陪你・　走罷！　我們離了他們在這裏清清靜靜地可以暢談那——（說話時已經在桌子左邊坐下・）

凌　（走近來・）　對不起，孟森先生，這桌子有人定下了・

史　定下了？　誰定的？

凌　爵爺他們定的・

史　哦，什麼爵爺不爵爺的！　他們一個人都沒有來・

凌　不錯，但是他們說不定什麼時候都許來・

史　他們來了讓他們坐在別處就是．（坐下．）

冷　（用手接着椅子．）不行，這桌子是定下的，沒有法子通融．

孟　（站起來．）走，史坦恩斯郭先生，那邊一樣地有好座位．（向右走去．）侍者！唔，侍者亦沒有．這些地方那委員會都該照顧到纔是．哦，阿斯拉克孫，你進去跑一躺替我們弄四瓶香賓酒來．酒要頂好的，叫他們寫孟森的帳就是．（阿斯拉克孫走進鋪去，其餘三人各自就坐．）

冷　（悄悄地走過來，向史坦恩斯郭說道．）想來你不至於生氣——

孟　生氣！　說那裏話！　沒有的事！

冷　（仍向史坦恩斯郭．）這事不是我要這樣做，是委員會議決的——

孟　那還用說嗎．委員會發的命令我們一定要服從的．

冷　（態度如前．）你想，我們現在是在爵爺自己家裏場上．他好意今天晚上把他的花園場圃一齊開放，所以我們覺得——

史　我們在這裏很舒服，冷特斯丹先生——我們只消能過太平日子——我意思是指着大衆說．

冷　（聲色不動。）既然如此，那就沒有事了。（向後走去。）

阿　（從帳篷裏出來。）侍者拿着酒就來了。（坐下。）

孟　留着一張桌子，委員會特別招呼着！並且又是在我們的獨立紀念日！這就是這裏一切事情的榜樣！

史　但是你們這些人爲什麼由着他們去鬧呢？

孟　你要知道，這是遺傳的習慣。

阿　史坦恩斯郭先生，你初來，不熟悉地方上的情形。只消你略知道一點本地情形！

侍者　（拿着香賓酒。）是你要的——？

阿　不錯，是的；把瓶子開了。

侍者　（斟酒。）寫你的帳，孟森先生？

孟　都寫我的，放心就是。（侍者去。孟森同史坦恩斯郭擡擡酒杯。）史坦恩斯郭先生，我們都歡迎你。我能夠認識你，心裏眞是萬分地快活。我覺得有像你這樣一個人到這裏來住着，實在是地方上的光榮。你的大名我們在報紙上早就看熟了。你生就一付好口才同一片爲公家的熱心腸。我知道你要帶着生氣同精神參加——唔

——參加——

阿　參加本地情形・

孟　哦，不錯，本地情形・我就爲他乾這杯酒——（大家喝酒・）

史　我無論做什麼，一定要使他有生氣，有精神・

孟　好！　聽，聽！　他答應下這句話，我們再乾一杯・

史　且慢，我已經——

孟　哦，瞎說！　我們再乾一杯——一杯約酒！　（大家擧杯喝酒・　底下他們說話的時候，柏斯髹不停的隨時替大家斟酒・）

孟　現在旣然談到了這件事情，我要告訴你們，那作威弄權的並不是爵爺自己・不是他自己，躱在後頭出主意弄鬼的人是冷特斯丹那老東西・

史　我聽見許多人都這樣說・我不明白怎麽像他那樣一個自由黨——

孟　冷斯特丹？　你把冷特斯丹妄兒稱當作一個自由黨？　不錯，當初他年輕不曾爬上梯子的時候確亦算信奉過自由主義後來他就承襲了他父親的國會議員・怪事！　這要樣樣事情都是世襲！

史　這些弊端必定要剔除纔好・

阿　不錯．這些事眞該死，史坦恩斯郭先生，你簡直就把他們剔除一下子．

史　我並不是說我——

阿　是，是你！ 你正是那等人．你生就的還花妙舌，像古書上說的一樣．不但如此，你的筆下又快！ 你要知道，我辦的那份報可以聽你調遣．

孟　如果打算動手，非趕緊不可．初選投票在這三天裏就要舉行了．（挪威行的是間接選舉法．先由選舉人選出一個「委員團」來，然後由那「委員團」再去選舉國會議員．此處孟森說的是選舉「委員團」的初選投票．）

史　如果你當了選，你私人的事業不受影響嗎？

孟　不用說我的事業當然要吃虧．不過如果公家的利益一定要我犧牲的話，我亦只得把個人的利害丟開不管．

史　好，眞好．並且你已經有了一個黨：這一點我看得很淸楚．

孟　不是我自己誇口，大多數勇往進取的少年都——

阿　唔，唔！ 留神奸細！

（赫利丹尼爾從筵裏走來，近視着眼睛四面張探了一番，然後走近．）

赫　許我借一只空椅子用用嗎？ 我要坐

在那邊去．

孟　這些長椅都是釘住在這裏的，你看；但是你何妨就在這邊桌上坐呢？

赫　這邊？　在這桌上？　哦，很好，很好．（坐下．）噯呀，噯呀！　香賓酒，是不是！

孟　正是，你不喝一杯嗎？

赫　多謝你，我不喝．倫鐸爾門夫人的香賓酒——也能，喝半杯陪陪你們．誰有空杯子？

孟　柏斯磐，你去拿一個．

柏　哦，阿斯拉克孫，你去拿一個酒杯來．

（阿斯拉克孫走進邃去．一停頓．）

赫　諸位，不要讓我打斷你們的話頭．我決不做這種事！　多謝你，阿斯拉克孫．（向史坦恩斯郭一鞠躬．）面生得很——一位新到的客！　這位莫非就是著名律師史坦恩斯郭先生嗎？

孟　一些不錯．（介紹他們．）史坦恩斯郭先生，赫利丹尼爾先生——

柏　資本家．

赫　你應該說從前的資本家．現在都沒有了，都被我揮霍淨了．並不是說我是破產的人——這一層千萬不要誤會．

孟　喝酒，喝酒，趁着有沫的時候．

赫　但是無賴的行爲，你要知道——斯疊狡詐——我不多說了・我盼望那些情形只是暫時的・等我把那些官司同還有些別的小事情弄一弄淸楚，我就要去對付我們那狐狸精老萊拿貴族了・我們預祝一杯！什麼，你不贊成？

史　我想先聽聽我們那狐狸精老萊拿貴族是誰・

赫　嘻嘻！　你不必這樣踧踖不安・你不要以爲我說的是孟森先生・孟森先生決沒有貴族的嫌疑——不是他，是勃拉次保爵爺・

史　什麼！　爵爺在銀錢款項上斷沒有什麼可以指摘的地方・

赫　你這樣想嗎？　哼，我不多說了・（凑近些・）　二十年前我是個大財主・我父親給我留下了一份大家私・你亦許聽見過我父親的名字？　不曾聽見過嗎？老赫利洪斯？　大家叫他金洪斯・他是個船業主人；當年封鎖大陸的時候發的財；他家裏的窗格門柱都是鍍金的；他花得起這些錢——　我不多說了；所以大家都叫他金洪斯・

阿　據說他家的烟囪帽兒亦是鍍金的？

赫　沒有的事情，那是禁不住的話；不過這種話却早就有的．但是他把銀錢任意揮霍；後來我亦是這樣，那次我到倫敦去——你不曾聽見過我到倫敦去的事情嗎？　我的僕從和排場簡直同王子的一樣．你當真不曾聽見過那回事嗎？　還有我提倡美術，科學花的那些錢！　獎勵少年人才花的那些錢！

阿　（站起來．）諸位，改天見．

孟　什麼？　你要走了？

阿　是的，我要去活動活動兩隻腿．（去．）

赫　（低聲．）他亦是其中的一個——同別人一樣地曉得感激，哼嗐！　你們不知道我供給他在大學念過一年書嗎？

史　這話當真？　阿斯拉克孫入過大學？

赫　像小孟森一樣——一點結果都沒有；並且像——　我不多說了．我沒法，只得由他去了；當時他已經沾染了喝酒的嗜好．

孟　但是你忘了要告訴史坦恩斯郭先生關於爵爺的事情了．

赫　哦，說起來話長呢．當年我父親得意的時候，正是那老爵爺倒霉的當口——是現在這位爵爺的父親，你要記清；他亦是個爵爺．

柏｜還用說嗎，這裏樣樣事情都是世襲．

赫｜連社交上的特權都是如此——　我不多說了．金融的變動，鹵莽的投機，和他在一千八百十六年左右的浪費逼着他賣掉了些地產．

史｜你父親買下來的？

赫｜我父親照價買下來的．後來怎樣呢？後來我掌管了產業，諸事都有了進步——

柏｜那是不用說的．

赫｜朋友，祝你健康！　我說諸事都有了進步，就是像疏理樹林，這一類的事情．不想隔了許多年，小主人來拿——就是現在這位——竟會出來否認當初的成約．

史｜赫利先生，你當然可以不去理他．

赫｜事情沒有這樣容易！　他說訂約的時候漏掉了許多小節目．還有一層，當時我一時手頭恰很窘迫——那種窘迫後來卻變成永久的了．你想現在的世界一個人沒有資本能夠幹什麼？

孟｜你這話說得一些不錯！　並且有許多事情有了資本還是不中用．那種滋味我是嘗過的．不要說別的，連我的孩子們——

柏｜（敲着桌子．）噁，父親！　我只消這裏有幾個人！

史　你說你的孩子們？

孟　正是，就拿柏斯縷做個例罷．亦許是我不會給他一個好教育？

赫　一個三重的教育！　先入大學；後來學圖畫；後來又學——學的什麼？——現在他是不是土木工程師？

柏　不錯，我是，說亦慚愧！

孟　不錯，他是，我可以拿出帳單同證書來做憑據！　但是市政工程是誰在那裏辦？　這兩年的路工是誰包攬去的？　還不都是外國人！　就算不是外國人，至少亦是我們絕不認識的生人！

赫　不錯，這些真是丟人．去年正月裏儲蓄銀行總理出缺的時候，他們只給孟森一個不理，反去用了一個——（咳嗽．）——只懂得死扣錢不鬆手的人，這種脾氣我們這位賢主人是決沒有的．只要有重要位置出來，每次都是一樣！　永遠輪不到孟森——總是一個他們——當權的——親信的人．羅馬法裏說的 Commune suffragium；意思就是他們公共會議裏翻船．真正丟人！　祝你健康！

Commune(共同) Suffragium(選舉) 照說本是普通選舉．在這地方赫利故意玩弄 Suffragiun 同 Naufragium 兩個字眼．Naufragium 意思是翻船．這段赫利的說話惝恍得很，只能會意而已．

孟　多謝！　我們換個題目談談．你那些官司怎麼樣了？

赫　還不曾了結呢；目前我不能再多告訴你了．那些事眞把我麻煩死！　下星期我還得要召集市議會全體聽仲裁委員會判斷呢．（挪威習慣，人民有爭端事，須先就仲裁委員會判斷，如兩造不服委員會判斷之結果，然後再赴法庭．）

柏　聽說有一次你自己亦受過仲裁委員會的判斷？

赫　我自己？　不錯，不過我不曾到場．

孟　哈哈！　你不曾嗎？

赫　我有很充足的理由：我要過河的時候——不幸正是柏斯谿造橋的那年——撲通一聲！　那橋就坍下去了．

柏　該死——

赫　不必着急！　你並不是第一個把弓拉斷的人．你要知道，樣樣事情都是世襲的——我不多說了．

孟　嘿嘿嘿！　你不多說了？既然如此，喝酒不要多說！　（向史坦恩斯郭．）　你看，赫利先生有想說什麼就可以說什麼的特權．

赫　不錯，我覺得眞有價值的公民權只是言論自由．

史　可惜法律要去限制他！

赫　嘻嘻！我們這位靠法律吃飯的朋友正饞涎欲滴地盼望出來一樁誣謗案子呢，是不是？ 先生，你不必費心！ 告訴你說，我是個老手！

史　尤其擅長造人家的謠言！

赫　對不起得很！ 你這樣生氣足見你這人有情義．請你不要記着一個老頭子在背後批評你朋友的一番不識時務的戇直的話．

史　我的朋友？

赫　那位我很敬重的令郎——　我不多說了！ 還有那位女公子．如果我無意中糟蹋了爵爺的名譽——

史　爵爺的？ 你把爵爺一家當作我的朋友嗎？

赫　我想，你大概不至於去拜望仇人罷？

柏　拜望？

孟　什麼？

赫　嘎，嘎，嘎！ 我說話不留神洩漏了人家的秘密——

孟　你去拜望過爵爺嗎？

史　沒有的事！ 完全是一種誤會——

赫　對不起得很！ 我怎麼會知道那事要

守秘密呢？（向孟森．）還有一層，你亦不要把我的話看得太拘泥了．我說的拜望不過是一種很客氣的拜會，穿着大禮服，戴着黃手套，那是不錯的；但是什麼——

史　我告訴你，我從來不曾同他家的人談過一句話——

赫　眞有這事嗎？　莫非你第二次去亦不曾見着？　因爲我知道你第一次去被他們擋駕．

史　（向孟森．）京城裏有個朋友託我轉交一封信——無非如此而已．

赫　（站起來．）說起來眞教人不平——一個初入世路的少年，一團高興地登門去找那老於世故的人；爲像駛船入港似的去親近他，求他——　我不多說了！　那老於世故的人閉門不納不肯見他；應該見客的時候亦推託不見——　我不多說了！（含怒．）生了耳朵何曾聽見過這樣欺人的事情！

史　哦，我們不必去管這些不相干的事情．

赫　推託不見！　他向來誇口，凡是品行端正的人去拜望他，他沒有不見的！

史　他說過這話嗎？

赫　這不過是一句空泛的話罷了．他亦不

見孟森先生・不過我不明白爲什麽他那樣恨你們・不錯，正是恨你們，因爲你們可猜得着我昨天聽見的什麽話？

史　我並不想知道你昨天聽見的話・

赫　那麽我不多說了・並且那些話從他嘴裏說出來，我並不以爲奇・我只不明白爲什麽他要加上『陰謀家』三個字・

史　陰謀家！

赫　既然你一定要我說，我就不得不實說了，爵爺叫你陰謀家和投機家・

史　（跳起來・）什麽！

赫　陰謀家和投機家，再不就是投機家和陰謀家，那次序我却不負責任・

史　你親耳朶聽見的嗎？

赫　我？史坦恩斯郭先生，如果當時我在場，你放心，我一定早替你打抱不平了・

孟　你看果然——

史　那老東西竟敢——？

赫　且住，且住！不要生氣・亦許只是一種譬喻——一句隨意頑笑的話・明天你可以要求他解釋明白，因爲你不是預備去赴那大宴會嗎？

史　我並不預備去赴什麽宴會・

赫　拜會了兩次沒有請帖！

史　陰謀家和投機家！　不知道他心裏在那裏想些什麽？

孟　來了！　提起魔鬼——！　柏斯磐，我們走罷。（父子同走。）

史　赫利先生，他說那話是什麽意思？

赫　一點影子都猜不出來。你聽着心裏不好過嗎？　如果我直言冒犯了你，務必請你原諒！　將來你難受的事情還多得很呢。你年紀輕，人又老實又熱心。這不但可愛，並且能感動人；不過——不過——老實是銀子，閱歷是金子；這是我自己造的一句格言，上天保佑你！　（去。）

（勃拉次保爾爺，他的女兒陶拉同費爾博爾生從左邊進來。）

冷　（打講壇上的鈴。）　請諸位都聽凌代爾先生演說！

史　（喊道。）　冷特斯丹先生，我要演說！

冷　等一等。

史　不行，現在！　立刻！

冷　現在做不到。　請大家都聽凌代爾先生！

凌　（登壇。）　諸位先生，今天我們這裏到了一位貴客，眞是萬分榮幸！　這位貴客是個熱心仗義的人；他就是這許多年來我們都把他當作父親一樣敬重的人；他就是無論什麼時候都肯幫助我們的人他就是凡是品行端正的客到他家裏都肯接待的人；他——諸位夫人先生，我們這位貴客不喜歡長篇演說，所以我不再多說什麼了，就請大家三呼萬歲敬祝勃拉次保爵爺同他的家屬！願他們萬歲！萬歲！

眾人　萬歲！萬歲！萬歲！

（大家踴躍歡呼，都想擠近爵爺，爵爺向大家道謝並且同最親近他的人握手。）

史　現在我可以演說嗎？

冷　當然可以。那講壇由你去用。

史　（跳上桌子。）我有我自己的講壇。

Platform 作「講壇」亦作「黨綱」解。此處是雙關用法。史坦恩斯郭意思說他自有自己的宗旨。

一羣少年　（擠上前來圍着他。）好！

爵爺　（向醫生。）這個亂嚷的人是誰？

醫　是史坦恩斯郭先生。

爵爺　哦，是他，是嗎？

史　我的快樂的姊妹弟兄們，聽我說幾句話——你們的心臟，雖然沒有聲音，都在那裏唱凱旋歌慶祝我們的自由紀念節！我在這裏是個外人——

阿　不是！

史　多謝那位說「不是！」的人！我就把

那句話當作一種願望的表示・雖然我是個外人，但是我可以賭咒，我對于你們大家的憂愁，快樂，成功，失敗，都有十分誠懇的同情・如果我有權力

阿 你有，你有！

冷 不要插嘴！ 你不配發言・

史 你更不配！ 我否認那委員會！ 孩子們，自由節的自由！

少年們 自由萬歲！

史 他們剝奪你們的言論權・你們聽見的——他們想塞住你們的嘴・推翻這種專制制度！ 我不願意站在這裏對着一羣啞叭動物說話・我自己要說話，但是要你們亦說・我們彼此開誠布公地說一說・

衆人 （更加高興・） 好！

史 我們以後再不要這些枯寂腐敗的壓制會！ 從今以後每個五月十七要產生許多新的事業・五月！ 五月不正是發芽開花的時候，一年之中最有生氣的月令嗎？ 算到六月初一，我來了整整地兩個月：這兩個月裏頭，大大小小，好好醜醜，什麼事我沒有看見過？

爵爺 醫生，他在那裏嘮嘮叨叨地說些什麼？

費　阿斯拉克孫說他講的是本地情形．

史　我看見許多很可以有作為的人才，但是我同時又看見一種腐敗氣息把希望的種子緊緊地壓住使他們一點都不能發展．我又看見老寶熱心的少年極盼望衝上前去，不料別人竟不睬他．

陶　哦，噯呀！

爵爺　他說什麼呢？

史　我的快活的姊妹弟兄！　我們空氣裏頭盤旋着一種勢力，舊日腐敗勢力的鬼；應該是輕飄，光明的地方都被他佈瞞了黑暗同壓迫．　我們一定要把那個鬼打倒，趕掉！

衆人　萬歲！　五月十七萬歲！

陶　父親，走罷——！

爵爺　他說的鬼指什麼？　醫生，他在那裏說些什麼？

費　（忙道．）　他說——（低聲說了一兩句話．）

爵爺　哈哈！　原來如此！

陶　（低聲．）　還還能了！

史　如果沒有人敢去打那老虎，我敢．不過，孩子們，我們大家却要同心協力．

許多人聲　不錯，不錯！

史　我們都是少年！　這個時代屬於我們，我們屬於這個時代！　我們的權利正是我們的義務！　這是我們發揮才能，意志，權力的地方！　大家聽我說！　我們必須要組織一個黨．財閥不能再在我們這裏掌權了！

爵爺　（喝采向醫生；）他說財閥，果然是孟森！

史　我們就是天然的財富，只消我們有勇氣．我們的意志就是有聲音的黃金應該四面流通．誰敢妨礙他的流通，我們就誓死反對他！

衆人　好！

史　剛纔有人喝了我一聲倒采——

爵爺　不是的，不是的！

史　我怕什麼！　稱讚同威嚇一樣地不能搖動完固的意志．現在但願上天保佑我們，因爲我們抱着忠心，憑着年輕，要去動手做他的事了．　現在我們都到報館裏去——我們的黨馬上就要成立！

衆人　好！　抬着他！　把他舉起來！

（史坦恩斯郭被大衆高高舉起．）

許多人聲　說下去！　往下說，往下說！

史　我說，我們應該同心協力．天心向着我

們少年黨呢．統治的人應該是我們這班人——就在我們本地！

(大家一陣狂呼亂嚷把他抬進籬去．)

倫　(擦眼睛．) 嗳呀，他說得眞動聽！ 赫利先生，你不覺得好像想去同他接吻嗎？

赫　多謝你，我不想．

倫　哦，你！ 你大概不見得！

赫　倫鐸爾門夫人，亦許你願意同他接吻．

倫　噁，你眞討厭！ (走進籬去．赫利跟着她)

爵爺　魔鬼——老虎——財閥！ 話雖說得粗鹵，意思却很切當！

冷　(走近來．) 我十分抱歉，爵爺——

爵爺　不錯，冷特斯丹，你辨別人的能力到什麼地方去了？ 罷，罷，我們都免不了有錯誤的時候．改天見．謝謝今天晚上過得這樣痛快．(轉身向陶拉同辟生．) 但是我從前太簡慢那位少年志士了！

辟　怎麼簡慢他了？

陶　你指他來拜訪你的事說嗎？

爵爺　他來過兩次．都是冷特斯丹不好．他告訴我，他是個投機家同——其餘的我不記得了．幸而我還來得及補救．

陶　怎麼補救？

爵爺　陶拉，過來；今天晚上我們就——

費　哦，你看犯得上嗎，爵爺？

陶　（低低地。）　不要作聲！

爵爺　一個人做錯了事，應該立時改正，總是；還是很明顯的一種義務。改天見，醫生，鬧了半天，今天晚上我着實痛快；想不到這倒要謝謝「你」的。

費　謝我，爵爺？

爵爺　是的，是的——正是你，還有別人。

費　我要請問，我做了什麼——？

爵爺　不要多追究了，醫生。我向來不多追究人家。完了，完了——不要生氣——改天見！

（爵爺父女向左出去，費爾博若有所思地用眼睛跟着他們。）

阿　（從邃裏出來。）唄，侍者！　拿筆墨來！　事情漸漸地熱鬧起來了，醫生！

費　什麼事情？

阿　他在那裏組織少年黨，差不多成功了。

冷　（悄悄地走來。）　簽名的人多嗎？

阿　我們有了差不多三十七個人，寡婦等還不算在裏頭。筆墨呢！　侍者亦沒有！——這是本地情形。

（走到邃後去。）

冷　唉！　今天熱得很！

費　恐怕更熱的日子還在後頭呢．

冷　你覺得今天爵爺很生氣嗎？

費　哦，沒有的事，難道你看不出來？　但是你對於那新黨的意見如何？

冷　唔，我說不出什麼　有什麼可說的呢？

費　那是本地權利爭鬪的起點．

冷　爭鬪要什麼緊．　他很有才幹，那個史坦恩斯郭．

費　他打定主意要想出頭．

冷　少年人都想出頭．　我年輕的時候亦是這樣；那要什麼緊．　但是我們何妨進去望一望呢？

赫　（從簃裏出來．）　冷特斯丹先生，你預備提出從前那個問題嗎？　領着頭去反對？　嘻嘻！　你要趕快纔行．

冷　你放心，我決不會誤事．

赫　太遲了，除非你願意作教父．　（簃內歡呼聲．）　他們在那裏唱『阿們』了，洗禮已經完了．

「阿們」是祈禱時大衆合唱之結句．　此是拿小孩子受洗禮比少年黨成立，所以用「教父」「阿們」「洗禮」等字樣．

冷　我想我不妨去聽一聽，我不說話就是．

（進簃去．）

赫　他亦是一棵就要倒的樹；你看罷，不久就要有一陣大斫伐來了！　這裏不久就要像狂風暴雨後的樹林一般．你想我心裏能不快活嗎！

我　赫利先生，請你告訴我，這件事與你有什麽相干？

赫　相干？　與我一點相干都沒有！　如果我心裏快活，那是爲大家．以後的事情都要有生氣，有精神了．就我自己說——噯呀，無論如何都是一樣；我現在學那土耳其王說與皇同法王的話——無論豬吃了狗或是狗吃了豬，都與我不相干．（向後臺右出去．）

衆人　（在邃內．）史坦恩斯郭先生萬歲！　萬歲！　少年黨萬歲！　葡萄酒！　甜酒！　喂！　啤酒！　萬歲！

柏　（從邃裏出來．）上天保佑大家！（聲音裏含着眼淚．）醫生，今天晚上我覺得勇氣百倍，一定要找些事「做」纔好！

我　不必管我．你想做什麽？

柏　我想到跳舞室裏去找一兩個人打打架．（從邃後出去．）

史　（光着頭從邃裏出來，很是興奮．）我的蒙爾博，是你嗎？

我　有什麽話吩咐，人民首領因爲我料定你

是常選了。

史　不消說得是的，但是——

裴　當選以後怎麽樣呢？　你可以得一個什麽爲位置？　銀行經理？　再不就是——

史　哦，不要對我說那些話！　我知道你是說笑我呢。　其實你並不眞像你的外貌那樣蠢笨。

裴　蠢笨？

史　裴爾博！　照常同我做朋友。　這一陣我們彼此很不了解。　你冷嘲熱諷地得罪我，拒絕我！　實在是你錯了。（摟着他。）哦，嗳呀！　我快活死了！

裴　你亦快活？　我亦這樣，我亦這樣！

史　如果我這人不識好歹，欺詐無賴，我眞連狗都不如了。　我怎麽敢當呢，裴爾博？　我這樣一個有罪的人，究竟做了些什麽事配受上天這番厚恩？

裴　從今以後我們照常做朋友。

史　多謝！　大家永不變心！　你看著那一大羣人跟着自己跑，不是一椿極得意的事嗎？　就憑着感激的心難道還不够使人努力向上嗎？　並且能使你心裏說不出地愛大家！　我恨不能把他們一齊都摟在懷裏，哭着求他們寬恕，因爲上天太偏心，待我比待他們厚。

費　（靜靜地。）不錯，無價的寶貝亦許都會到一個人的手裏。今天晚上我走路的時候連一個小蟲，一片綠葉都不肯用脚去踩了。

史　你？

費　不必去管他罷，那和我們談的事情不相干。我意思只是要說，我已經了解你了。

史　今天這一晚何等可愛！ 聽那草地上的音樂同笑聲。那山谷裏何等安靜！一個人如果在這種時候還不感動，他倘直不配活在這世上！

費　不錯；但是請你告訴我：將來你打算怎麼樣去建設？

史　建設？ 我們要先去破壞纔行。費爾博，我有一次做過一個夢——或者莫非是我真看見的？ 不是，確是夢境，不過却活潑潑地像真的一樣！ 我好像覺得上帝的審判日到了。地球的輪廓山線都在我眼前。太陽沒有了，只有雷雨的閃光。忽然起了一陣暴風，從西邊直掃過來，所有的東西都被他捲着亂飛：最先是枯葉，隨後是人；不過那些人都不曾被風吹倒，他們的長袍緊緊地裹在身上，所以看起來好像是坐在那裏往前衝．起初看着那些人的樣子好像平常人在大風裏追帽子一樣，後來走近一看，原來都是帝王君主他們追的不是別的，是他們的皇冠同地盤．他們時時好像就要抓着了，然而始終不曾眞抓着．他們的數目足有幾千幾萬，但是沒有一個人明白究竟是怎麽一回事的：其中有許多人自己在那裏傷心問道：『這陣暴風究竟從那裏來的？』有人回答道：『一個人發了一種呼聲，暴風就是那呼聲的應聲．』

發　那個夢你在什麽時候做的？

史　我不記得什麽時候了，還是前幾年的事呢．

發　我想大概那時候歐洲有些地方正有亂事，你吃飽了晚飯看了報所以做這個夢．

史　那一次我感受的震動今天晚上又發着了．我現在要把我的精神盡量表現出來了．我要準備去做那呼聲了．

發　且慢，史坦恩斯郭先生，你且仔細想一想．你說，你要去做那呼聲．好！但是你打算在什麽地方做？在這教區裏呢，還是至多在這鄉下？並且讓誰去做那應聲同暴風？莫非就讓像孟森，阿斯拉克孫，同衆伯柏斯驛那班人去做嗎！ 我們沒有得着那些飛跑的帝王君主，却要準備看冷特斯丹拚命去追他那失掉的議員位置了。結果怎麼樣？ 就是你在夢中起初看見的情形——風裏一大羣人。

史　不錯，起初正是這樣。不過誰料得定那陣風要吹多少遠？

費　胡鬧些什麼風不風的！ 你糊裏糊塗地上了人家的當去幹，到頭來只是殘害我們地方上的好人同有才幹的人。

史　這話不對。

費　怎麼不對！ 孟森同司通里那羣人在你初到的時候就緊緊地把你牢箍住，如果你不想法子摔脫他們，你一定要吃虧。勃拉次保爵爺是個正人君子，你放心與託他就是。你可知道孟森爲什麼恨他？ 因爲——

史　不必多說了！ 我不願意聽人家說我朋友的壞話。

費　史坦恩斯郭，你自己仔細去想想！ 孟森先生眞算得是你的朋友嗎？

史　孟森很謙和地親近我——

費　好人都不願意受他的親近——

史　誰是好人？ 無非是幾個趾高氣揚的

官僚能了！ 那一件事瞞得過我去？ 至於我呢，孟森拿着一片好意同器重的心來接待我——

費　器重？ 更糟了，原來如此。

史　完全不是那樣一回事。我看得很明白。孟森先生有才幹，有學識，并且對於公衆事情極有責任心。

費　才幹？ 嗯，亦算有罷！ 亦有學識，不錯，他天天看報，并且還讀你的演說和文章。他有對於公衆事情的責任心不消說得可以從他同那些文章和演說表同情上證明。

史　費爾博，現在你性質裏的渣滓又浮起來了。難道你永不能把那種齷齪思想揩干淨嗎？ 爲什麼你總把無論什麼事都看成有卑鄙可笑的作用在裏頭？ 哦，我知道你是說着頑的！ 現在你不像在那裏開頑笑了，讓我把這事的底細來告訴你。你認識瑞娜不認識？

費　孟森瑞娜？ 哦，亦算認識——間接地。

史　她有時亦到爵爺家裏去，是不是？

費　是的，却是很秘密地。她同勃拉次保姑娘是老同學。

史　你看她那人怎麼樣？

費　據我所知道，她像是一個很好的女孩子。

史　哦，你還不會看見她在家裏的情形呢！她的心都在兩個小妹子身上．從前她看護她母親的時候眞是盡心得了不得！你可知道她母親在去世之前犯了好幾年的瘋病？

費　不錯，我還去看過一次病呢．但是請你告訴我，你當然不是——

史　是的，費爾博，我眞心愛她，我不必瞞着你．我知道你心裏在那裏納悶的事情．你覺得很奇怪，纔隔了幾天工夫——不用說你一定知道我是在京城裏訂過婚的？

費　不錯，我聽見這樣說．

史　那件事是個大失望．我不能不毀約，毀了約大家都有益．當時我眞是說不出的難過！受了無限的壓迫和痛苦．幸而現在我已經都擺脫干淨了．這是我離開城市的原因．

費　對於孟森瑞娜，你自己確有把握嗎？

史　我確有把握．這次不會錯了．

費　旣然如此，你就只管去幹！那是你的終身幸福！哦，我有許多話告訴你——

史　當眞？她說過什麼話沒有？她信託勃拉賓保姑娘嗎？

費　我不是這意思．但是我不懂你正在快

活的當口怎麽會去攪在那些政治堆裏胡鬧？　市井無稽的話怎麽會引動了一個——

史　爲什麽不會？　人類是一個很複雜的機器——至少我是這樣．況且我能同她接近正是着這些紛爭擾攘．

斐　一個極陳舊的方法．

史　斐爾博，我是個有大志的人，你是知道的．我非想法子出頭不可．我一想起我的年紀已經三十，還在梯子的末級上，我就覺得良心在那裏咬我．

斐　咬的不是智齒罷．

史　告訴你不中用．你從來不曾感受過志向的刺促．你一向糊裏糊塗地過日子——最初在大學，後來在外頭，現在在這裏．

斐　亦許是的，不過那種生活至少很有樂趣并且沒有反動，像你從桌子上跳下來以後所感受的——

史　住嘴！　別的都不要緊，只有這件事我受不了．你這樣太不對了——你簡直在那裏揶我的輿．

斐　嗳呀！　如果你這樣容易揶輿——

史　住嘴，聽見沒有．你怎麽該揶我的輿？難道你以爲我不是誠意嗎？

戴　我知道你是說謊・

史　既然如此，你爲什麼要使我心裏覺得空洞，厭惡，并且懷疑自己？（從裏歡呼聲・）你聽！　他們在那裏慶賀我呢！　一句話就能使大家像發瘋一樣，那句話「一定」有眞理在裏頭！

（陶拉，瑞娜，海爾從左邊進來，向後走了幾步・）

海　勃拉次保姑娘，你看，史坦恩斯郭先生在那邊・

陶　那麼，我不往前去了・　瑞娜，明天見——親愛的，明天見・

海爾同瑞娜　明天見，明天見・（兩人從右邊出去・）

陶　（走近・）我是勃拉次保先生的女兒・我父親有一封信給你・

史　給我？

陶　不錯，信在這裏・（回身就走・）

戴　要我送你回家嗎？

陶　多謝，不敢勞駕・我一個人會走・明天見・（從左邊出去・）

史　（湊着一個中國燈籠看信・）這是什麼？

戴　爾爺對你說些什麼？

史　（忽然放聲大笑。）我眞想不到！

斐　怎麽樣——？

史　勃拉次保爵爺眞是個可憐東西。

斐　你竟敢——

史　可憐！可憐！你把我這句話告訴無論誰去都不要緊。再不，索性不要提起——（把信揣在衣袋裏。）這件事不要告訴別人。（一群人從遂裏出來。）

孟　會長先生！史坦恩斯郭先生在什麽地方？

大家　在那邊！萬歲！

冷　會長先生把帽子忘了。（把帽子遞給他。）

阿　來，這裏有酒！痛痛快快地喝一下子！

史　多謝，我够了。

孟　少年黨黨員記着，我們明天在司通里開會。

史　明天？是明天嗎，不是能？

孟　怎麽不是，明天提通告咯。

史　不行，明天我有事。我想把會期改在後天，或是大後天。諸位，改天見。我對大家都謝謝，並且祝頌前途萬歲！

大家　萬歲！我們把他護送回家！

史　多謝，多謝！但是你們諸位千萬不要——

阿　我們都和你同走．

史　很好，走啊．費爾博，明天見，你不同走嗎？

費　我還不走呢，但是我告訴你，你說勃拉次保爾爺那些話——

史　住嘴，住嘴！那是過火的話——不要再去理會他！諸位，如果你們要走，就走，我來領頭．

孟　。史坦恩斯郭，你的臂膀呢！

柏　唱歌！奏樂！做一點極愛國的東西！

大家　唱歌！唱歌！奏樂！（一個通俗的調子奏唱起來．隊伍從後邊向右出去．）

費　（向冷特斯丹，其時他還不曾走．）好一個勇敢的隊伍．

冷　不錯，還有一個勇敢的首領

我　冷特斯丹先生，你預備到什麼地方去？

冷　我嗎？我預備回家睡覺去．（點點頭，就走了．只剩下費爾博一個人．）（幕下．）（第一幕完．）

第二幕

（爵爺家裏一間花園房子，陳設華麗，裏頭擺着一架鋼琴，許多名花異草。入口在後邊。左邊有一個通飯廳的門。右邊幾扇玻璃門通花園。）

（阿斯拉克孫站在入口的地方。一個女僕正要端幾碟水果進飯廳。）

女僕　不錯，不過你要知道他們還不會散席呢。你一定要再來一躺了。

阿　如果使得，我寧可在這裏等着。

女僕　儘不妨等着，只要你願意。你可以先在那邊坐一坐。

（女僕走進飯廳。阿斯拉克孫揀一個旁門的座位坐下。停頓。費爾博醫生從後邊進來。）

費　哦，阿斯拉克孫，你在這裏？

女僕　（回來。）先生，今天晚上你來遲了。

費　我去瞧了一個病人。

女僕　爵爺同姑娘都問你來着。

費　當真？

女僕　真的；你不馬上進去嗎；再不然我去——

——？

費　不必，不必，不要緊。等一會兒我可以隨意吃點東西；目前我在這裏等着。

女僕　他們快吃完了。（從後邊出去。）

阿 （頓了一頓．）醫生，你怎麼捨得不去吃那樣一頓好酒席——糖果，好酒，還有種種講究東西？

裴 我覺得我們的講究東西不愁太少倒嫌太多呢．

阿 這句話我不敢贊成．

裴 哼！ 你大概是這裏等人？

阿 不錯，我是在這裏等人．

裴 你家裏的情形還過得去嗎？ 你的老婆——？

阿 還在牀上，咳嗽，一天不如一天了．

裴 你的第二個孩子呢？

阿 哦，他是一跛子殘廢了；這些情形你都知道．那是我們命該如此，提他做什麼？

裴 阿斯拉克孫，讓我瞧你的面色．

阿 你瞧些什麼？

裴 今天你喝的酒．

阿 不錯，昨天亦喝的．

裴 昨天喝酒還有可說，今天卻——

阿 那麼，裏頭那些人怎麼說？ 他們不是亦在那裏喝酒嗎？

裴 不錯，阿斯拉克孫，你這句話說得很有理，不過世上各人的境遇不同．

阿 我的境遇不是我自己挑選的．

費　不錯，上帝替你挑選的．

阿　不對，他並沒有——是別人替我挑選的赫利丹尼爾把我從印刷所送進大學的時候，他是替我挑選境遇．後來勃拉次保爵爺害盡了赫利丹尼爾的家產，重新把我送回印刷所，他亦是替我挑選境遇．

費　你要知道那是靠不住的話．爵爺並不曾害赫利丹尼爾，是赫利丹尼爾自己害的自己．

阿　亦許是的！　不過赫利丹尼爾對我負着許多責任，他怎麼敢害他自己呢？　自然，上帝亦有一部分的不是，他爲什麼給我才幹能力？　不用說，我本來可以利用我的才幹能力好好地做一個手藝人；但是那時候偏又來了那好胡說的老厭物——

費　你說這話未免太沒有良心．赫利丹尼爾抱着一番好意．

阿　他的『好意』於我有什麼益處？　從前有一回我亦曾坐在現在你聽他們在那裏擲杯喝酒的地方；我亦是那些人裏頭的一個，穿得很講究，幷且——　那很合我的意，因爲我是一個說皆很多，幷且好久盼着享受榮華富貴的人．　但是究竟享了幾天福呢？　嘩啦一聲，倒下來了，從此我的命運

就不可收拾了·

我　然而你亦不必十分抱怨，你還可以退守你的舊行業呢·

阿　說着容易·一個人出了本行，再想進去，就做不到了·他們奪了我的地位，把我推在外頭滑的冰上，倒怪我脚站不穩·

我　我却決不來十分苛責你——

阿　不錯，你本不應該·你看這一堆亂七八糟的東西！赫利丹尼爾，上帝，爵爺，命運，境遇——我自己却在這許多東西的中間！我常想把他們解開，著一本書出來，不料他們繞得那樣緊——（眼睛看着左邊的門·）啊！他們散席了！

（一羣男女賓客從飯廳裏出來走進花園，很高興地談着話·史坦恩斯郭亦在那羣人裏頭，左手挽着陶拉，右手挽着裴爾瑪·裴爾博同阿斯拉克孫站在後邊門旁·）

史　這裏的路我還不大認識，夫人姑娘們，請你們告訴我，我要我陪你們到什麼地方去·

裴　到外頭去，你必須要去看看花園·

史　哦，那一定很有趣·（他們從右邊最前的玻璃門裏出去·）

我　眞是怪事，史坦恩斯郭會在這裏！

阿　我就是找他說話．這些日子我總緊緊地跟着他，我幸虧碰見了赫利丹尼爾——（赫利丹尼爾同勃拉次保伊呂克從飯廳裏進來．）

赫　嘻嘻！好西班牙酒！我離開倫敦以後從來不曾喝過這樣好酒！

伊　不錯，是好，是不是？喝了能長精神．

赫　唔，唔——一個人的錢花得這樣得當真是一樁快事．

伊　怎麼見得？（大笑．）哦，不錯，我明白了，我明白了．（他們走進花園．）

發　你不是說，你有事要找史坦恩斯郭嗎？

阿　是的．

發　公事？

阿　當然是的，爲那慶祝會的記事——

發　既然如此，你一定要在這外頭等着．

阿　在穿堂裏等着？

發　在候客室．你揀了個不湊巧的時候同他說話但是我有機會就打發他來見你就是．

阿　很好，我等着就是．（從後邊出去．）

（爵爺，冷特斯丹，皎代附，還有一兩位別的男客都從飯廳裏出來．）

爵爺　（同冷特斯丹談話．）你說什麼，激

烈？　不錯，那形式亦許不十分妥當，但是
那篇演說詞却有真價值在裏頭．

冷　爵爺，既然你很滿意，我就不該抱怨了．

爵爺　你爲什麼要抱怨？　啊，醫生來了！
不用說，捱餓了．

費　不要緊，爵爺．用人們自會替我張羅的．
你要知道，我覺得在這裏差不多同在自己
家裏一樣．

爵爺　當真？　如果換了我，却不會這樣快．

費　什麼？　我太冒昧了嗎？　你親自許
我——

爵爺　我許的，我都許．你儘管不要客氣，去
找東西吃罷．（輕輕地拍着他的肩膀，轉
身向冷特斯丹說：）「這位」你可以叫他
投機家同——同那個我不記得的名字．

費　什麼，爵爺——！

冷　不必，你放心——

爵爺　剛吃過飯不要拌嘴，要妨礙消化的．
外頭就要喝咖啡了．

（同着客人進花園．）

冷　（向費爾博．）你從前可曾看見過爵爺
的舉動像今天這樣古怪？

費　咋天晚上我就覺得的．

冷　他硬說我叫史坦恩斯郭先生投機家同

那一類的名字·

婓　哦，冷特斯丹先生，你果眞叫了又怎麽樣？　對不起，我要去同女太太們談話了·（向右出去·）

冷　（淩代爾正在那裏調排一張打牌桌子，冷特斯丹向他說道·）　你解釋得出史坦恩斯郭今天到這裏來的理由嗎？

淩　不錯，到底是怎麽一回事？　原來的單子上沒有他的名字·

冷　那麽，是後來一想添上去的？　在他昨天那樣一番攻擊爵爺之後——

淩　不錯，你明白不明白？

冷　明白？　哦，不錯，我明白了！

淩　（低聲·）　你看爵爺是怕他嗎？

冷　我看他是小心——這是我的想頭·（他們一面談話，一面向後走去，進了花園·　同時婓爾瑪同史坦恩斯郭從右邊最前的門裏進來·）

婓　不錯，你瞧！　從樹頂上你可以望得見教堂的塔同城市的前半截·

史　不錯，望得見，我却不曾想到·

婓　你看這裏的風景美不美？

史　這裏沒有一樣東西不美：花園，太陽，人！　嗳呀，這些都何等的美呀！　一個夏天你們都在這裏過嗎？

賽　我同我丈夫不，我們來來去去的．城裏我們有所極大極講究的房子，比這裏的講究得多呢．你不久就可以看見了．

史　大概你家的人都住在城裏？

賽　我家的人？　誰是我家的人？

史　哦，我不曾知道——

賽　我們這些仙國公主沒有家．

史　仙國公主？

賽　我們至多有個惡後娘．

史　不錯，一個女巫！　那麼，你亦是個公主了？

賽　我是一切地府宮殿的公主，仙人聚會的夜間你可以聽見那些地方有柔曼的樂聲．登附傅醫生以爲做個公主一定很樂；但是你要知道——

伊　（從花園裏來．）啊，我倒底把小寶貝找着了．

賽　不錯，小寶貝正把她自己的故事講給史坦恩斯郭先生聽呢．

伊　哦，原來如此；但不知她丈夫在那裏做一個什麼角色？

賽　不用說是國王了．（向史坦恩斯郭．）結果總是國王來破了法，收梢很是美滿，大

家都來道喜那仙人故事亦就完了・

史｜哦，太短了・

賽｜亦許是的・

伊｜（一手摟着他妻子的腰・）但是從那舊故事裏又生了一樁新的，在那新故事裏公主變成了王后！

賽｜條件同眞的公主一樣嗎？

伊｜什麽條件？

賽｜他們一定要逃走——逃到外國去・

伊｜抽支雪茄，史坦恩斯郭先生？

史｜謝謝，現在不抽・

（賽爾博醫生同陶拉從花園裏進來・）

賽｜（迎上去・）陶拉，是你嗎？ 你莫非在那裏不舒服？

陶｜我？ 不是・

賽｜哦，一定是的；你近來好像總在那裏請教醫生・

陶｜不是，你要知道——

賽｜胡說，讓我按你的脈！ 你在那裏發燒——我的好醫生，你看她這陣熱就會退嗎？

費｜樣樣事情都有一定的期限・

陶｜需並不勝過——

賽｜不錯，適中的溫度最好——不信你問我

丈夫．

爵爺　（從花園裏進來．）自己一家人都湊在一塊兒談心？　那太怠慢客人了．

陶　父親，我正要去——

爵爺　哈哈，史坦恩斯郭先生，這些女太太們趨奉的原來是你！　我倒必須要注意注意了．

陶　（低聲向裴爾博．）在這裏不要走開！

（她走進花園．）

伊　（把自己的臂膀遞給裴爾瑪．）夫人肯——？

裴　走！（兩人同向右出去．）

爵爺　（眼睛跟着他們．）把他們兩個分開簡直是做不到的事情．

裴　想去分開他們是造孽的．

爵爺　我們都是傻子！　雖然如此，天却照樣保佑我們．（喊道．）陶拉，陶拉，留神着裴爾瑪！　替她拿一個圍巾，不要讓她這樣亂跑，小心著了涼．醫生，世上的人眼光好短！　你可曉得有什麽醫這毛病的方法沒有？

裴　經驗眼鏡可以醫，戴了經驗眼鏡再看東西的時候就可以清楚一點了．

爵爺　一些不錯，謝謝你的指導．但是你既

然覺得這裏像自己家裏一樣，你應該與去招待客人纔是．

裴　當然的；喂，史坦恩斯郭，我們——？

史　哦，不必，不必——有我的老朋友赫利在外頭——

裴　他也覺得這裏像自己家裏一樣．

爵爺　哈哈，不錯．

裴　好，我們兩個一同盡力去幹就是．

史　爵爺，方才你們在那裏談赫利丹尼爾．我看見他在這裏不免很有些奇怪．

爵爺　是嗎？　赫利先生同我是中學大學的老同學，并且從前我們兩個人彼此有過許多來往的事情——

史　不錯，昨天晚上赫利先生亦講過幾樁給我們聽．

爵爺　唔！

史　如果不爲了他，我亦不會像昨天那樣激烈的．但是他有個談論人家的毛病——總而言之，他的嘴不安分．

爵爺　我的年輕朋友，你不要忘了赫利先生是我請的客，我家裏是自由派，樣樣事情都可以自由，只有一件事不行：不許人家說壞我的客人．

史　對不起得很，我實在——！

爵爺　哦，不要緊．你是年輕人，年輕人可以隨便一點．至於赫利先生的爲人，恐怕你不曾眞知道他．無論如何，我受他的好處極多．

史　不錯，他正是那樣說，不過我不曾想到——

——

爵爺　史坦恩斯郭先生，我們的家庭幸福大半都虧了他！　我的兒媳亦虧了他．那是實在的情形．她小的時候他就待她很好．她本是個小古怪東西；十歲的時候就請客開音樂會．我想你亦許聽見過別人提起她的名字——裴爾瑪歐勃羅．

史　歐勃羅？　不錯，當然聽見過的；她父親是瑞典人．

爵爺　是的，是個音樂教習．他到這裏來還是許多年前的事情．音樂家輕易不會是富翁的；他們的舉動亦本不打算；——總而言之，赫利先生是有鑒別人才的眼力的；他賞識了那孩子，就把她送到柏林去；後來她父親死了，赫利先生的光景亦一天不如一天了，她就回到京城，到了那邊，不消說得自有一班闊人去同她周旋．這是我兒子所以能碰見她的原因．

史　這樣談起來，老赫利丹尼爾豈不做了…？

件器具——

爵爺　事情本是這樣一件一件地添引出去的．史坦恩斯郭先生，我們大家都無非是器具；你亦同大家一樣；你大約是憤怒的器具——

史　哦，爵爺，不要去提他，我眞要慚愧死了——

爵爺　慚愧？——

史　我很不該——

爵爺　形式上亦許有可以批評的地方，但是材料却好極了．現在我要囑咐你，將來你預備再有這種舉動的時候，務必先到我這裏來老老實實地把計劃告訴我．你要知道，我們都不過想把事情辦好；我的責任是——

史　你許我對你說老實話嗎？

爵爺　不消說得許的．你以爲我不會早就看出來，這裏有許多事情鬧得很不像樣子嗎？但是當時教我有什麼法子？前個國王的時候我住在瑞典京城的日子多．現在我老了；并且我生性不宜親自投身政治旋渦，傾着頭去做改革的事業．至於你呢，史坦恩斯郭先生，做這些事情却樣樣資格都有；所以我們應該聯合起來．

史　謝謝，爵爺；我十分感激！

（凌代爾同赫利丹尼爾從花園裏進來．）

凌　我告訴你，那一定是一種誤會．

赫　當眞？　我喜歡那樣子！　我怎麼會說會我自己的耳朵？

爵爺　赫利，什麼新聞？

赫　沒有別的，冷特斯丹安鈕爾投降司通里那班人了．

爵爺　嗄！　你說笑話呢．

赫　不瞞你說，我聽見他親口說的．冷特斯丹先生因爲精神一天不如一天，想脫離政界；底下怎麼樣你自己去想罷．

史　他親口對你這樣說的嗎？

赫　那還用說．他在花園裏當衆宣布的時候大家都嚇呆了；嘻嘻！

爵爺　凌代爾，這是什麼意思？

赫　哦，這並不難猜．

爵爺　其實很難．這是地方上一樁極重要的事情．凌代爾，跟我走；我們一定要他自己找着．

（爵爺同凌代爾進花園．）

史　（從最後的園門裏進來．）爵爺出去了嗎？

赫　不要作聲！　那些大人物正在那裏開

會呢．重要消息，醫生；冷特斯丹預備辭職．

費　哦，沒有的事！

史　你明白不明白！

赫　啊，以後我們這裏笑話正多呢．史坦恩斯郭先生，這正是少年黨在那裏發作．你可知道你應該叫你們的黨什麼名字？過些時候我告訴你．

史　你以爲眞是我們的黨——

赫　一點兒都沒有疑問．所以我們要把那位我們敬重的朋友孟森先生送進國會去！我但願他現在已經去了；我情願趕着他—— 我不多說了；嘻嘻！（走進花園．）

史　你明白不明白，費爾博，這究竟都是怎麼一回事？

費　還有比這些更難明白的事情呢．你怎麼會到這裏來的？

史　我嗎？ 不用說，像大家一樣——帖子請來的．

費　我聽說你是昨天晚上接到的請帖——在你演說之後——

史　又怎麼樣呢？

費　你怎麼會受下他的請帖？

史　教我有什麼辦法？ 我不能得罪這些

大人物．

費 當眞？ 你不能？ 那麼，你演說的時候說的什麼？

史 胡鬧！ 我在演說辭裏攻擊的是原理，不是個人．

費 你怎麼解說爵爺請你吃飯的用意？

史 哦，只有一個解說的方法．

費 就是：爵爺怕你？

史 噯呀，他何必怕我！ 他是個正人君子——

費 是嗎？

史 他老人家對付這樁事情的方法能不使人感動？ 幷且勃拉次保姑娘送信給我的時候，她那神氣何等可愛！

費 但是我問你——他們可曾提起昨天那樁事？

史 一個字都不提，他們何等機警，怎麼肯提但是我却十分後悔，我一定要找機會去賠個不是——

費 我竭力勸你不必做！ 你不知道爵爺的脾氣．

史 也罷；讓我做的事情替我表白罷．

費 你不預備同司通里那班人決裂嗎？

史 我預備替大家調和． 我有了少年黨；那巳經是一種勢力．

費　提起來，我記得——我們談孟森姑娘的時候——我曾勸過你只管去幹——

史　哦，忙什麽——

費　但是你聽我說；後來我又把他仔細地想了一想；我看你不如把這些事一齊丟開不理的好．

史　你這話很對．如果你娶了一個下等人家的女子，就同娶了他們全家一樣．

費　不錯，幷且還有別的原因——

史　孟森是個下等人，這一層我現在看出來了．

費　禮貌不是他的擅長．

史　不錯，的確不是．他跑來跑去說他客人的壞話；那決不是上等人的舉動．他家裏到處都是陳烟葉氣味——

費　眞奇怪，從前你怎麽聞不出來？

史　那是因爲一比較纔顯出來的．我初來的時候走錯了路．我上了一班人的圈套，被他們一陣天花亂墜弄迷惑了！但是我從今以後却不再這樣了！我不去白費精神做人家營私瞎鬧的傀儡了！

費　但是你打算把你的少年黨怎麽樣？

史　就讓他照現在這樣子．他的根基寬廣

得很．他的目的是抵抗一切惡勢力；現在我總正在這裏明白惡勢力是從那方面來的．

費｜　但是你看那班『少年』的眼光會和同一樣嗎？

史｜　他們「應該」一樣！　我當然有權叫那些人服從我的高出他們的見解．

費｜　但是如果他們不肯服從呢？

史｜　那麼，他們儘可以去幹自己的．我同他們斷絕關係．你以爲我肯單爲了拘謹固執，讓自己走到錯路上去，永遠不能達到目的嗎！

費｜　你的目的是什麼？

史｜　一條可以舒展我的才具同滿足我的希望的事業．

費｜　不要專說空空洞洞的話！　你的目的究竟是什麼？

史｜　也罷，對你不妨實說．我的目的是：將來做到國會議員，或者內閣閣員，幷且娶一個有錢，有名人家的女兒．

費｜　哦，原來如此！　借了爵爺在社會上的身分，你要——

史｜　我要仗着自己的努力達到我的目的．我一定要，幷且會，達到我的目的；不用誰幫什麼忙．這件事亦許很毀時候；但是不要緊！ 中間的時候我可以在這裏享福，領略美麗和日光——

毀　在這裏？

史　不錯，在這裏！ 這裏有幽雅的態度，優美的生活；迦這裏的地板亦好像專供穿漆鞋的人踩的．這裏深深的圈椅，女客們坐進去的時候好看得很．這裏談的話又流利，又精妙，好像打毬子似的；這裏不會鬧出一椿事來使大家都窘住的．哦，賛爾博——

——我到這裏纔懂得尊貴的樂趣！ 不錯，我們這裏有個貴族階級；一個小團體；一個文化的貴族階級；我願意隸屬這個階級．你可覺得這裏的薰陶力量？ 你可覺得金錢在這裏就沒有了俗氣？ 我一想到孟森的錢，我就好像看見一堆一堆腥臭的鈔票同骯髒的抵押品——但是在這裏呢！ 在這裏就變成了雪亮的銀子！ 幷且人亦是這樣．瞧瞧爵爺——好個文雅的上等有年紀人！

毀　是的．

史　還有他那位令郎——機警，直爽，能幹！

毀　不錯．

史　還有他那位兒媳婦！ 你看她可像一

顆珍珠子？ 噯呀，好一副富麗俊秀的性格！

費　陶拉——勃拉次保姑娘亦有．

史　哦，不錯；但是她卻沒有這樣顯著．

費　哦，那是你不曾知道她．你不知道她的性格怎樣的幽靜，貞靜．

史　但是，哦，他那位兒媳婦呀！ 那樣直爽，差不多過於造次了；但是卻又那樣懂得好歹，那樣不由人不——

費　我猜你大概愛上她了．

史　愛一個嫁了人的女子？ 你瘋了不成？ 那於我有什麽好處？ 但是我在這裏愛——這一層我心裏很明白．不錯，她真是幽靜，貞靜．

費　你說的是誰？

史　自然是勃拉次保姑娘．

費　什麽？ 你不是想——

史　是，確是的！

費　我告訴你，那是絕對做不到的．

史　嘿嘿！ 天下無難事，只怕有心人．我們看這話對不對就是．

費　這簡直是胡鬧！ 昨天還是孟森姑娘——

史　哦，那件事是我太性急了；並且你亦勸我不要——

費　我要極鄭重地勸你把他們兩個都丟開．

史　當眞！　大概你自己在那裏想其中的一個罷？

費　我？　沒有的事；我告訴你——

史　即使是亦不妨．如果別人阻撓我，我想妨礙我的前程，我決不拘執．

費　小心着，我並不會說這同樣的話．

史　你？　你怎麼配算勃拉次保爵爺一家的保護人呢？

費　我至少是他們的一個朋友．

史　呸！　這些話說給我聽不中用．你的目的無非是自私自利．你以爲在他們這裏惟你獨尊，心裏得意得很．所以不許我走近．

費　那是於你最有益的一種辦法．你在這裏脚底下站的是空心地．

史　當眞？　謝謝你！　我去想法子把他弄結實．

費　你只管去想法子；不過我要警告你一聲，那地會同你一齊先塌下去．

史　嘿嘿！　原來你在那裏背地裏暗算我，是不是？　幸喜被我看出來了．現在我知道你了；你是我的仇人，是我在這裏惟一的仇人．

裴 我實在並不是．

史 你實在是！ 從我們同學的時候起，你就是這樣了．你瞧瞧這裏的人那個不器重我，雖然我是個外人．你是我的熟人，反倒不器重我．這是你性格上的大毛病——你永遠不會器重別人．當初你在京城裏的時候除了從這個茶會跑到那個茶會，說說俏皮話之外，做了些什麼事情？ 有了那種脾氣自己吃苦！ 世上一切有價值同高尚的事情你都不能受用；所以不久你就落在人家後頭，什麼事都不會做了．

裴 我什麼事都不會做？

史 你可曾會器重我？

裴 數我器重你的什麼？

史 我的意志，即使沒有別的東西．別人個個都器重我這一點——昨天晚上那些人——勃拉次保爵爺一家的人——

裴 還有孟森先生和他的化身——提起這事，我想起來了——外頭有人等你說話呢．

史 誰？

裴 (向後走．) 一個器重你的人．(開門喊道．) 阿斯拉克孫，進來！

史 阿斯拉克孫？

阿　（進來．）啊，到底等着了！

費　我暫時失陪一回兒；我不願意攪擾別人的事情．（走進花園．）

史　你來幹什麼？

阿　我有話一定要同你當面談．你昨天答應給我一篇紀載少年黨成立歷史的文章，并且——

史　現在我不能給你，過些時候再說．

阿　不行，史坦恩斯郭先生，明天早晨報要出版的．

史　胡鬧！那篇文章非統統改過不行．現在情形又不同了；添了許多新勢力進來了．我說勃拉次保爵爺的那些話都要完全重新做過，那篇文章纔能發表．

阿　哦，說爵爺的那段話已經都排好了．

史　那麼一定要把他拆散．

阿　不把他排進去？

史　無論如何我不能讓他發表．你爲什麼瞪着眼睛瞧我？難道你怕我不會辦這少年黨的事情嗎？

阿　哦，不是的；但是你要讓我告訴你——

史　阿斯拉克孫，不必爭辯，我受不了．

阿　史坦恩斯郭先生，你可知道你在那裏竭力地奪我的飯碗？你自己知道不知道？

史　我不知道這些事情．

阿　但是實際上是的．去年冬天你不會到這裏來的時候，我的報正是有起色的當口．你要知道，那時候我親自編輯，并且抱着個一定的宗旨．

史　你？

阿　不錯，我！那時候我自己對自己說：維持報紙的是社會，現在的社會是個壞社會——那是爲了本地狀況所以如此；壞社會要有壞報紙．所以你看我把他編輯得——！

史　很壞地！不錯，那是無可抵賴的！

阿　但是我却很沾光．後來你來了，并且帶了許多新思想到地方上來．那報就改了樣子，一班擁護冷特斯丹的人都跑掉了．剩下那幾個看報的不能賺錢——

史　啊，但是那報却變好了．

阿　我靠着好報不能過日子．你本打算烘烘烈烈地幹一場；你本想攻擊本地的許多弊竇，像你昨天答應的一樣．原預備把那些偉人鉅子痛痛快快地駡一駡，使我們報上滿登着大家不能不看的新聞——但是現在你給我上了一個當——

史　嘿嘿！你以爲我預備把駡人的文章

供給你做材料嗎！ 謝謝，我辦不到！

阿　史坦恩斯郭先生，你不要逼得我太利害，否則將來你要後悔的。

史　你這話怎麽講？

阿　我意思說，我一定要另外想法子使這報賺錢。天知道我並不是願意那樣做。你不曾來的時候，我正正當當地據着登載慘禍，自殺，以及別的無損於人的新聞吃飯，那些新聞有時候甚至於完全是假的。但是你一來就都不行了；現在大家要看的材料和以前的大不相同了。

史　你聽我說：如果你敢放肆，如果你敢有一個字不照着我的話做，想乘這機會假公濟私，我就要到對方的印刷所去另辦一種新報了。你要曉得，我們有的是錢！ 只消有兩個星期的工夫我們就可以使你那破東西站不住脚。

阿　（面色變白。） 你當真要這樣做？

史　不錯，我要這樣做；並且我知道怎樣編輯一種報，就可以迎合社會的心理。

阿　既然如此，我馬上就要去見勃拉次保爾爺了。

史　你？ 你去找他做什麽？

阿　「你」去找他做什麽？ 你當作我不知

道他爲什麼請你到這裏來吃飯嗎？　那是因爲他怕你，并且怕你做出什麼來；因此你就利用起這個機會來了．　但是如果他怕你做出什麼來，他不見得不怕我在報上登出什麼來；因此「我亦要」利用這機會！

史　你竟敢這樣？　你這樣一個可惡東西——！

阿　不要忙，你瞧着我就是．　如果要我不登你的演說辭，得您一定要給我不登的代價．

史　去幹，只管去幹！　你喝醉了——！

阿　並不很利害．　但是如果你要想搶我這口苦飯，我却要同你拚命的．　你何嘗知道我家裏是什麼情形：一個病在牀上的老婆，一個殘廢的孩子——

史　滾開！　你以爲我願意來沾染你的卑鄙骯髒嗎？　你的害病殘廢的老婆孩子關我什麼事？　只消你敢妨礙我前途一椿事情，保管你不過年就變成要飯的．

阿　我再等你「一」天．

史　啊，你漸漸地在那裏明白起來了．

阿　明天我發一張傳單給看報的人，說因爲縞椆人在慶祝會上得了一點病——

史　不錯，就照這樣去做；我想過些時候我們彼此總可以了解．

阿　我相信我們可以．——史坦恩斯郭先生，記着一句話：那報是我的一只小母羊．

(從後邊出去．)

冷　(站在最前的園門口．) 啊，史坦恩斯郭先生！

史　啊，冷特斯丹先生！

冷　你一個人在這裏！　如果你高興，我很想同你略微說幾句話．

史　很好．

冷　我先要聲明一句，如果有人告訴你，我說過你的壞話，你千萬不要相信．

史　說我的壞話？　你這話怎麽講？

冷　哦，沒有什麽，放心，沒有什麽．你要知道，這裏管閒事的人多得很，一天到晚走來走去不做別的，專是搬嘴弄舌，挑動是非．

史　亦許我們兩個人的關係有些牽強的地方．

冷　並不牽強，十分自然，史坦恩斯郭先生；從前的同新的的關係；那是向來這樣的．

史　哦，冷特斯丹先生，你還不至於老到那個地步．

冷　我是老了．我的議員是從一千八百三十九年做起的．現在應該是我卸肩的時候了．

史　卸肩？

冷　你要知道，時勢改變了．要想解決新發生的問題我們非有新人物不行．

史　冷特斯丹先生，現在我們老實說——你真預備把你的議員讓給孟森先生嗎？

冷　給孟森？不，當然不是給孟森．

史　那麼，我不明白——

冷　即使現在我果真辭職讓孟森，你看他會當選不會？

史　這話很難說，因為初選投票的日期定的是後天，我恐怕大家未必有預備；但是——

冷　我亦估揣他做不成功．爵爺一黨的人——就是我一黨的人——不會投他的票．不用說，我說的『我一黨的人』不過是一種比喻的字眼；我意思是指那些有產業，有聲望的名門大族說．他們不高興去理孟森；孟森是個新來的人；沒有人確實知道他的家世底細．所以他當時必須斬除許多東西——樹木和人都要斬除——纔能替自己騰出一片地方來．

史　那麼，如果你看他沒有什麼希望——

冷　唔！史坦恩斯郭先生，你是個才具出衆的人．上天把你生得很完全，但是可惜還有一點遺漏的地方；他應該再多給你一樣東西．

史　那樣東西是什麼呢？

冷　爲什麼你總不替自己打算？　爲什麼你沒有大志？

史　大志？　我嗎？

冷　爲什麼你把自己的全副精神都用在別人身上？　簡單些說——爲什麼你自己不去當議員？

史　我？　你說這話可是當眞？

冷　爲什麼不是呢？　我聽說你有資格．如果你不抓住這個機會，別人就要來了；等到別人的地位一穩固，那時候再要想把他推出去就沒有這樣容易了．

史　噯呀，冷特斯丹先生！　你說的話可是當眞？

冷　哦，我並不想勉強你；如果你不高興——

史　不高興！　老實說，我並不像你說得那樣一點大志都沒有．但是你看這件事果眞做得到嗎？

冷　哦，很做得到．我肯竭力幫忙，並且不用說得爵爺亦一定肯的；他知道你的口才．你又有一班少年幫着——

史　冷特斯丹先生，噯呀，你眞是我的好朋友

冷　哦，你說那話不見得很誠意．假使你果眞把我當個朋友看待，你就該替我卸去這副重擔纔是．你年紀輕，肩膀有力氣，挑着容易得很．

史　我情願替你效勞，決不失信．

冷　那麼，你不是眞不願意——

史　話出了口，決不翻悔！

冷　多謝！　放心，史坦恩斯郭先生，你不會後悔．但是我們現在要小心着去做．我們一定要想法子兩個人都當選選舉委員——我提出你做我的後任，幷且替你四面都張羅妥當；然後你再發表你自己的意見．

史　只消我們做到這一步，事情就成了．到了委員團裏，你就萬能了．

冷　萬能亦有限制的．不用說你亦一定要運用你的口才；你務必要用心解釋掉凡是尷尬或是不相宜的情形．

史　你莫非要我脫離本黨嗎？

冷　現在我們好好地把這樁事來看一看．我們常說的兩黨究竟是怎麼一回事？一方面是一班有普通公民利益的人——就是財產，獨立，權力．我就屬於這一黨．那方面是一班我們的少年同胞，他們想來搶這些利益．那是你的一黨．但是等到你一有權力——不要說做了財主的時候了——你自然而然地就會脫離那一黨的，因爲不消說得那是必要的一步，史坦恩斯郭先生．

史　不錯，我相信是的．但是現在時候很匆促；並且這種境界不是一天工夫做得到的．

冷　這倒也實在情形；但是有了這種境界的希望亦許就够了——

史　希望——？

冷　史坦恩斯郭先生，你素來反對好親事嗎？　這裏鄉下財主人家的女兒儘多像你這樣一個前程遠大穩做高官的人，只消自己當心去做，不愁人家不答應你．

史　既然如此，一定要請你幫我的忙！　你替我在腦子裏開闢了許多新境界——許多偉大的前途！　所有我從前盼望夢想，覺得像飄渺無憑的事情一下子都變到了我的眼前——領着大家向解放的路上去——

冷　不錯，史坦恩斯郭先生，我們做事要擦開眼睛．我覺得你現在已經與致勃發了．這樣很好．其餘的事情自然會來的．現在我先謝謝你！　我永遠忘不了你這樣一口答應幫我的忙的厚意．

（大家漸漸地從花園裏走進來。兩個女用人拿進蠟燭來，底下大家談話的時候他們傳送茶點。）

裘　（走到後邊靠左的鋼琴旁邊。）史坦恩斯郭先生，你一定亦要來，我們預備頑一種檢東道的頑意兒。

史　很好；我正高興着。（跟着她向後走去，幫她安排椅子，布置一切。）

伊　（低低地。）赫利先生，我父親說的是些什麼話？昨天史坦恩斯郭先生演說的什麼？

赫　嘻嘻！你不知道嗎？

伊　不知道，我們城裏的人吃飯跳舞都在俱樂部裏。我父親告訴大家說史坦恩斯郭先生已經完全和司通里那幫人翻了臉——他把孟森羞辱得十分利害——

赫　把孟森！噯呀，你一定是把他的意思錯了！

伊　裏頭牽連着許多的人，所以我亦弄不大很清楚其中的關係；不過我確是聽見——

赫　等到明天——我不多說了。你喝咖啡的時候一看阿斯拉克孫的報就都知道了

（分手。）

爵爺　冷特斯丹，你依從想抱定了你那些怪

想去做嗎？

冷　那並不是我的怪想，爵爺；與其被人家趕出去，不如自己體體面面地下台．

爵爺　胡說；誰在那裏想把你趕出去？

冷　哼；我是個善看氣候的人．風勢改變了．并且我已經選繼任的人都預備下了．史坦恩斯郭願意——

爵爺　史坦恩斯郭先生？

冷　難道不是這樣一回事嗎？　你說他是個我應該拉攏和幫助的人的時候，我就把你那句話當作了一種暗示．

爵爺　我意思是指他攻擊司通里那邊那些欺詐腐敗的行爲的時候說．

冷　但是你怎麼拿得穩他一定會同那幫人翻臉？

爵爺　咳，你真糊塗，昨天晚上他的態度還不够明白嗎！

冷　昨天晚上？

爵爺　不錯，就是他數說孟森在地方上橫行無忌的時候．

冷　（張着嘴．）說孟森——？

爵爺　當然是的；他站在桌子上的時候——

冷　站在桌子上？　不錯？

爵爺　他痛駡孟森；叫他財閥，叫他怪物，和些

別的名字・哈哈，聽他駡着眞有趣味・

冷　眞有趣味，是嗎？

爵爺　不錯・老實說，這班人換那樣幾句駡，我覺得亦不算過分・但是現在我們一定要幇着他去做因爲經過了這樣一場痛駡——

冷　就像昨天那樣一場？

爵爺　當然是的・

冷　站在桌子上？

爵爺　不錯，站在桌子上・

冷　攻擊孟森？

爵爺　是的，攻擊孟森和他的黨羽・不用說他們當然要想報仇；那也難怪他們・

冷　（決絕地・）我們一定要幇助史坦恩斯郭先生——這是很明白的了！

陶　好爸爸，你亦一定要跟我們一塊兒來頑・

爵爺　哦，胡鬧，孩子・

陶　你當眞非來不行；裴爾瑪一定要你來・

爵爺　也罷，想必亦不容我不答應了・（父女兩個同向後走的時候低低地說着話・）我很可憐冷特斯丹，他眞一天不如一天了；你想，他會一點都聽不出史坦恩斯郭——

陶　哦，走，走；他們已經頑起頭了・（拉着她父親走進一個頑得興高采烈地少年人圈

子裏去•)

伊　(在他自己的位子上喊道•)赫利先生，你當還了評判員了•

赫　嘻嘻！　這是我生平第一次得的差使•

史　(亦在圈子裏•)赫利先生，因爲你的法律經驗•

赫　哦，你們這些可愛的年輕朋友，我很想罰你們都——我不多說了！

史　(悄悄地溜到冷特斯丹旁過來，其時冷特斯丹在前面靠左站着•)　剛才你同爵爺談話，說的是些什麼？　是不是說我？

冷　不幸我們談的是昨天晚上那椿事•

史　(拉鬼臉•)　哦，該死該死！

冷　他說你太粗暴了•

史　你當我心裏不難受嗎？

冷　現在正是你賠罪的機會•

伊　(喊道•)　史坦恩斯郭先生，輪到你了•

史　來啦！　(急忙向冷特斯丹•)　你這句話怎麼講？

冷　找個機會在爵爺面前賠個不是•

史　我一定願意！

賽　趕快，趕快！

史　我就來！　我來啦！

(笑聲嘈雜，大家覺得十分高興•　幾個

年紀大些的男客在右邊弄紙牌．冷特斯丹坐在左邊赫利挨近着他．）

赫　那個小子打趣我的法律經驗，是不是？

冷　他的嘴太隨便了，這是實在情形．

赫　所以他們全家這樣巴結他，嘻嘻！　他們怕得他眞可憐！

冷　不，赫利先生，你弄錯了；爵爺並不是怕他．

赫　不是怕？　哼哼，你當作我是瞎子嗎？

冷　不，但是——不用說你要守祕密的？也罷，我都對你說了罷．爵爺只當他攻擊的是孟森．

赫　孟森？　哦，豈有此理！

冷　這是事實，赫利先生！　他一定不是聽信了塗代爾就是陶拉姑娘——

赫　所以他就去請他來赴這個大宴會！　這才眞是我好久不曾聽見過的新鮮事呢！　不，現在我却忍不住不說．

冷　住嘴！　不要忘了你答應我的話．爵爺是你的老同學；即使他待你有些過分的地方——

赫　嘻嘻！　我要加上利錢還他！

冷　小心！　爵爺有勢力．不要到老虎嘴上去拔鬍鬚！

赫　爵爺是老虎？　呸，他是個傻子，我却不是，哦，等我們打那場大官司的時候，從這裏頭我不知要得到多少有趣的笑駡材料呢！

裘　（在圈子裏喊道．）評判員，這次輸的人應該罰什麽？

伊　（乘人不備，向赫利道．）這次是史坦恩斯郭輸的！　想些有趣的頑意兒．

赫　這次的罰？　嘻嘻，讓我想想他不妨當方說罷——　我不多說了．罰他演說一次！

裘　這是史坦恩斯郭先生的罰．

伊　史坦恩斯郭先生應該演說一次．

史　哦，不行，這個饒了我罷；昨天晚上我已經鬧得稍極了．

得鄰　好極了，史坦恩斯郭先生；我也懂得一點演說的事情．

冷　（向赫利．）只消他這次能不把非情鬧糟．

赫　把非情鬧糟？　嘻嘻！　你眞利害！道是一種鼓勵．（低聲向史坦恩斯郭．）如果昨天晚上你鬧糟了，爲什麽今天晚上不補救一下子？

史　（猛然想起一念．）冷特斯丹，機會到了！

冷 （閃閃爍爍地・） 小心着幹・（找着帽子悄悄地溜向門口・）

史 我來演說一次・

女客們 好！ 好！

史 諸位，大家滿上一杯！ 我這篇演說的起頭是一段寓言因爲我覺得在這裏很像呼吸的寓言境界的空氣・

伊 （向女客們・） 不要作聲！ 聽！

（爵爺從右邊打牌桌子上拿起酒杯，就站在桌子旁邊・凌代爾，賀爾博，還有一兩位別的男客都從花園裏進來・）

史 那時候正是春天，有一只小杜鵑鳥在高地上飛來飛去・ 那杜鵑是要投機小鳥・那時候在他底下一片草地上正開着一個鳥國會議，野鳥家禽都紛紛地去赴會・有的從雞棚裏跳出來，有的從鴨池裏擺上來；從司通里飛來了一只又胖又蠢的大鳩，呼呼地在空中往來盤旋飛了一回兒他落下地來，把毛一聳，拍拍翅膀，把身子抖得比原來的越發大了許多，并且嘴裏時時叫道克拉克，克拉克克拉克！ 好像在那裏說：我是司通里來的一只普闊的公鷄，我就是！

爵爺 說得眞好！ 聽，聽！

史 那時候又有一只老啄木鳥，用了他的尖

啪抱着樹身跑上跑下地啄個不休，飽吃各種下在樹裏的蟲子．只聽見他來來往往不住地潑利克潑利克，潑利克潑利克！　這就是那啄木鳥．

伊　對不起，他莫非是一只鶴，再不就是一只——

（這地方伊呂克要想說出「赫利」來．「赫利」的意思是蒼鷺．）

赫　不要多說了！

史　這就是那老啄木鳥．但是後來那鳥羣裏忽然熱鬧起來了，因爲他們找着了一樣可以亂叫的東西．於是大家慌忙飛在一處，一齊咯咯咯咯地亂叫，等到後來那小杜鵑鳥亦跟着他們叫起來了．

費　（乘人不備．）唄，千萬安靜些罷！

史　原來大家圍着亂叫的是一只鷹——一只巍然獨立在一座峭壁上的鷹．大家對於他的意見都是一樣．一只啞嗓的烏鴉啞啞地叫道『他是我們附近的一個妖魔！』但是那鷹一個翻身飛進他們堆裏，一把抓了那杜鵑，摟緊自己的胸口，徑自飛回他的高巢裏去了．從此以後那只投機小鳥在高岡上逍遙自在地顧盼自豪覺得那高處是光明和平的世界；從上頭看底下那些雞棚鴨籠裏的東西纔辨得出他們的好壞來

費　（高聲）好，好！　奏些樂起來！

爵爺　住嘴！　不要打斷他的話頭·

史　勃拉次保爵爺——我的寓言完了；現在我站在你的面前，當着大家，求你饒恕我昨天晚上的放肆·

爵爺　（向後倒退一步·）　求我饒恕？

史　我十分感謝你對我那種大度寬容的舉動·從此以後我情願做你的一個忠臣·現在，諸位，我敬祝山頂上的那只鷹——勃拉次保爵爺——的健康·

爵爺　（手緊抓着桌子·）　謝謝你，史——史坦恩斯郭先生·

衆賓客　（大都愕不知所措·）　爵爺！勃拉次保爵爺！

爵爺　諸位夫人小姐！　諸位先生！（低低地·）　陶拉！

陶　父親！

爵爺　哦，爵生，爵生，你幹的什麼事情？

史　（手裏拿着酒杯，一副洋洋自得的神氣·）現在再回我們的原地方去！　喂，我們博！　來，加入——加入我們的少年黨！那頑意兒做得正熱鬧呢！

赫　（在前面靠左·）　一些不錯，那頑意兒做得正熱鬧呢！

（冷特斯丹悄悄地從後門裏溜出去·）

（幕下·）（第二幕完·）

第三幕

（一間講究的早晨起坐室，門在後邊·靠左是勃拉次保爵爺書房的門；再往後去，一扇通客廳的門·　右邊又有一扇門，通陵代爾的辦公室，再往前來，有一扇窗·）

（陶拉坐在左邊沙發椅裏哭·　爵爺很生氣地在屋子裏踱來踱去·）

爵爺　不錯，現在這是我們的落場——眼淚，傷心——

陶　哦，最好我們始終不會認識那個人——

爵爺　什麼人？

陶　不用說是那可恨的史坦恩斯郭了·

爵爺　其實你應該說：哦，最好我們始終不會認識那可恨的醫生·

陶　斐爾博？

爵爺　不錯，斐爾博，斐爾博·對我說一大套說話的不是他嗎？

陶　不，父親，那是我·

爵爺　是你？　那麼，你們兩個人·你是縱他在我背後搗鬼的人·幹得好事情——

陶　哦，父親，假使你知道——

爵爺　哦，我知道得够了；嫌多了；太多了——

裴　（從後邊進來・）你好，爵爺！　你好，勃拉次保姑娘！

爵爺　（依然蹀來蹀去・）你來了嗎——倒霉鬼！

裴　不錯，那件事鬧得很不痛快・

爵爺　（望着窗外・）唔，你這樣想嗎？

裴　你一定看得出昨天晚上我怎樣一刻不放鬆地看着史坦恩斯郭・事情太不湊巧，當時我聽見大家預備要做游戲，我以爲不要緊了——

爵爺　（跺腳・）說這樣一個說大話的人把我做了一個笑柄！　昨天那些客不知把我看作什麽人呢？・　我這人東部得想去收買這個東西，這個——這個——就是冷特斯丹叫他的名字！

裴　不錯，但是——

陶　（乘她父親不覺・）不要說話・

爵爺　（等了一回兒，轉身向裴爾傳・）醫生，你老實告訴我，我當眞比一般人都笨嗎？

裴　爵爺，你怎麽會問出這句話來？

爵爺　那麽，怎麽會許多人聚頭單只我一個人聽不出那篇該死的演說是指着我說呢？

裴　要不要我把原因告訴你？

爵爺　當然要的・

斐　那是因為你自己看你在這裏的身分和別人的看法不同・

爵爺　我看我的身分就像從前我父親看他的一樣，然而卻從來沒有人敢這樣去對待過他・

斐　你父親是一千八百三十年左右死的・

爵爺　哦，不錯，從那以後，界限一處一處地消滅了許多・不過說來說去是我自己的不好・我同這些大人物接近得太多了・所以現在我只能由着人家把我的名字和冷特斯丹的混在一起說・

斐　但是，實在說起來，我覺得那亦算不得什麼丟臉的事呀！

爵爺　哦，你還不明白我的意思嗎？　我當然不是拿着分位，頭銜，或是這一類的東西來驕人・但是我自己看重，并且亦要別人亦看重的是我們家歷代相傳的清白家風・我以為像冷特斯丹那樣一個人入了政界，要他完全保持操守是做不到的事情・到了胡亂攻擊的時候，他一定免不了被人家唾罵・但是他們儘可以不必把我牽進去，我是完全沒有縈見的・

斐　未必盡然能，爵爺；至少你以為挨罵的是孟森的時候你心裏覺得舒服．

爵爺　再不要提起那個人！　敗壞地方上的風氣的就是他．現在他走了，把我兒子亦勾引壞了，倒罷！

陶　把伊呂克？

費　把你兒子？

爵爺　正是好端端地爲什麼要去做買賣？那不會有什麼好結果的．

費　爵爺，但是他必須要生活，幷且——

爵爺　哦，只要他肯省儉些，他母親給他留下的那些錢儘够他過日子的了．

費　不錯，他日子亦許有得過了；不過教他做什麼過日子呢？

爵爺　做什麼？　唔，如果他一定要找些事做，他不是有做律師的資格嗎？　他不妨就做他的職業．

費　不，那個他不會做；那同他的性質相反．他一時亦沒有什麼做官的希望；所有你的產業又都在你自己手裏經管着；他亦沒有兒女可以教育．照着這些情形，他看見了四面那些動人的榜樣——那些從一變爲手到半百萬家私的人——

爵爺　半百萬的！　哦，噯呀，我們還是守着我們的十萬的罷．不過無論半百萬亦能，十萬亦能，不用些不正當的手段都休想撈得起來；——我所說的不正當並不是指從別人的眼睛裏看；誰不知道不犯法是很容易的事情；但是我是指着良心說．不用說我的兒子決不肯做不名譽的事情；所以你放心，勃拉次保伊呂克的買賣決不會掙什麼半百萬的家私進來．

（賽爾瑪穿着出門的衣服從後邊進來．）

賽　你好！　我丈夫不在這裏嗎？

爵爺　你好，你好孩子！　你是找你丈夫嗎？

賽　不錯，他說他是到這裏來的．今天一早孟森先生來看他，後來——

爵爺　孟森？　孟森到你們家裏去嗎？

賽　有時候去；大概都有事情．噯呀，我的親陶拉，什麼事？　你剛才哭的嗎？

陶　哦，沒有什麼．

賽　不，一定有些什麼！　在家裏伊呂克生氣，在這裏——　我從你臉上看得出來；一定鬧了些什麼亂子．什麼事？

爵爺　無論如何，是用不着你管的事．你太嬌嫩了，擔不起分量；我的小猴爾堝．暫且先到客廳裏去．如果伊呂克說過要到這裏來，他自然一定就會來的．

賽　走，陶拉——千萬不要讓我當風坐着．

（摟着她・）哦，我的親陶拉，我很不能把你愛死・

（兩人向左邊出去・）

爵爺　所以他們密切得很，那兩個投機家！他們應該合夥去做才對・孟森和勃拉次保——這名字說起來多好聽！（後邊有人敲門・）進來！

（史坦恩斯郭進來・）

爵爺　（往後倒退一步・）這是怎麼說！

史　是的，我又來了，爵爺・・

爵爺　我知道・

費　你瘋了，史坦恩斯郭？

史　昨天晚上你走得很早・等到費爾博把事情都對我解釋明白，你已經——

爵爺　對不起——一切解說都是廢話——

史　我知道；所以我亦不來多說・

爵爺　哦，當眞？

史　我知道我得罪你了・

爵爺　那亦知道；在我趕你出去之前，亦許你肯把你到這裏來的原故告訴我・

史　因爲我愛你的女兒爵爺！

費　什麼——！

爵爺　他說什麼，醫生？

史　啊，你不懂得這裏頭的意思，爵爺！你

年紀老了；你亦沒有要爭的事情了——

爵爺　你竟敢——？

史　我現在是爲向你的女兒求婚來的，爵爺——

爵爺　你——你——？　你不坐嗎？

史　謝謝，我情願站着。

爵爺　醫生，你對於這事有什麼說的？

史　哦，費爾博是幫我的；他是我的朋友；他是我的獨一的好朋友。

費　不，不！　我決不是你的朋友，如果你——

爵爺　莫非就爲了這個所以費爾博醫生把他的朋友引到我家裏來？

史　你只知道我昨天和前天那些事情。那是不够的。況且現在的我已經不是從前的我了。自從我認識你和你家的人以後，我的精神好像遭了一場春雨似的，一夜工夫開了許多新花！　你千萬不要把我趕回從前的卑陋地方去。直到現在，我才親近着人生的美麗的事情；從前我總够不着——

爵爺　但是我女兒——？

史　哦，我自有法子使她愛我。

爵爺　當眞？　唔！

史　是的，因爲我的主意很堅決。記着你昨天說的話。從前你反對你兒子的親事——後來結果到底怎麽樣。我附博說得好，你一定要戴上經驗眼鏡——

爵爺　啊，原來你是這個意思。

斐　一點都不是！爵爺，讓我一個人同他說話——

史　胡說；我沒有什麽話要同你說。爵爺，現在你不要一味固執！像你們這樣一家人家一定要結些新親才行，不然他的血就要停滯的——

爵爺　哦，太覺有此理了！

史　喂，喂，不要生氣！這些架子和身分都不値什麽——不用說你自己亦知道是騙人的東西。你將來和我熟了以後，你不知要怎麽樣喜歡我呢。是的，是的；你們非喜歡我不行——你們父女兩個。我會教你女兒——

爵爺　爵生，你看這是怎麽一回事？

斐　我看這是發瘋。

史　不錯，在你恐怕是的；不過我在這燦爛的世界上却有一個重要的使命；決不容胡鬧的偏見來就誤我！

爵爺　史坦恩斯郭先生，門在那邊。

史　你趕我——

爵爺　出去！

史　不要這樣！

爵爺　滾出去！　你是個投機家和——和——我的記性眞該死！　你是個——

史　我是個什麼？

爵爺　你是那個東西——那個名字就在嘴邊——

史　小心你這樣阻礙我的前程！

爵爺　爲什麼要小心？

史　因爲我要在報上罵你，同你過不去，造你的謠言，用盡種種的方法敗壞你的名譽．要你在鞭子底下痛得叫起來；要你好像看見下的雨裏亦有鬼在那裏打你；嚇得你縮做一堆，雙手抱着腦袋蹤着身子避打——要你爬到一個地方去躲着——

爵爺　你自己爬到一個地方去躲着——到瘋人院裏去；那是你應該去的地方！

史　哈哈，這種回罵不值一笑；但是你亦只會這樣，勃拉次保先生！　你要知道，上帝的威罰在我手裏，你現在反抗的是上帝的意志．他派定我走光明的路——小心你偏替我罩上一層黑影！　看樣子今天我和你商量不通了；但是那亦無妨．我只要你去告訴你女兒一聲——教她有些準備——
——給她一個決擇的機會！　仔細想想，睜
開眼睛四面瞧瞧！　在這些蠢人堆裏你
那裏找得出一個女婿來？　費爾博說你
的女兒又幽靜又貞靜．　現在你都知道
了．爵爺，再見罷；隨你去挑要我做你的朋
友還是你的仇敵．　再見！　（從後邊出
去．）

爵爺　竟鬧到這步田地了！　別人在我家
裏敢這樣對待我！

費　史坦恩斯郭，敢；別人不敢．

爵爺　今天他，明天別人——

費　讓他們來就是，我會把他們趕掉；我情願
爲你赴湯蹈火——！

爵爺　不錯，就是你這惹禍的人！　哼，那個
史坦恩斯郭真算得是我所知道的一個最
不要臉的無賴東西了！　不過，話雖這樣
說，真是該死，我確有愛他的地方．

費　他那人很可以有作爲——，

爵爺　費爾博醫生，他很直爽！　他不像別
人似的只會背着人搗鬼；他——他——！

費　這亦不值得去爭論；爵爺，只要把主意拿
定．不，不要再把史坦恩斯郭——！

爵爺　哦，你的主意留着自己用罷！　你放

心，不但他進無論什麼人——

凌　（從右邊門裏進來．）對不起，爵爺，有句話——（耳語．）

爵爺　什麼？　在你屋子裏？

凌　他從後門裏進來的，要想見你．

爵爺　唔——哦，爵生，你先到客廳裏去坐一坐；這裏有一個——　但是千萬不要對愛爾瑪提起史坦恩斯郭和他來的事情．　這些事情都不能讓她知道．　至於我的女兒呢，我想最好你亦不要對她說什麼；不過——哦，其實有什麼用——？　現在請你去罷——

（爵爾博走進客廳．　這時候凌代爾已經回到自己的辦公室，不多一回兒話森就從那裏進來了．）

孟　（在門口．）我萬分地對不起你，先生——

爵爺　哦，進來，進來！

孟　府上大概都好？

爵爺　多謝．　你要什麼？

孟　並不一定是這樣一件事．　多謝老天，我亦已經是一個差不多什麼都有了的人了．

爵爺　哦，當眞？　那很了不得．

孟　但是，爵爺，那都是我辛辛苦苦用力掙來的。哦，我知道你很不贊成我做的事業。

爵爺　我想我贊成不贊成影響不到你的事情啊。

孟　那誰知道？無論如何，我現在慢慢預備地把買賣收掉不做了。

爵爺　當眞？

孟　我告訴你，我的運氣始終是好的，我想做的事情都做到了；所以我想現在是應該放鬆一點的時候了。

爵爺　我替你——還有別人，一齊道喜。

孟　如果同時我可以幫你一點忙的話，爵爺——

爵爺　幫我？

孟　五年前郎吉路森林拍賣的時候，你曾經還過一個價錢——

爵爺　不錯，但是你還的價大，被你買去了。

孟　現在你可以連鋸木廠和一切的附屬品一齊拿去——

爵爺　遭過了你那樣一番毀心昧良的砍伐——

孟　哦，還很値錢呢；幷且用了你的方法去做，不消幾年工夫——

爵爺　謝謝；可惜我不能遵命。

孟　這裏頭很是一筆錢，爵爺．至於我自己呢，不瞞你說，我手裏正做着一票大投機買賣；數目很大我意思就是說很可以發一注大財——總有十萬八萬的——

爵爺　十萬？　數目確不能算小了．

孟　哈哈！　不過替我的產業添一根毛罷了．但是常言說得好，大戰的時候應該有後備的軍隊．現在我手頭沒有多少現款；能抵幾個錢的名字都用完了——

爵爺　不錯，有一等人正是這樣做法！

孟　這是一種你收拾我，我收拾你的事情．爵爺，這個交易做不做？　價錢一定讓你十二分地便宜——

爵爺　孟森先生，無論怎麼便宜我都不要買．

孟　便宜了一樁還有一樁呢．你肯不肯幫我的忙？

爵爺　你這話怎麼講？

孟　不消說得我有靠得住的抵押品．我的產業多得很．你瞧——這些契券——讓我來把我的情形告訴你．

爵爺　（用手揮開那些契券．）你是要我款項上的幫助嗎？

孟　不是現錢哦，不是！　但是要你幫忙，爵爺！　不消說得我當然肯出相當的代價

——幷且有東西抵押——

爵爺　你就爲了這樣一件事來找我嗎？

孟　不錯，正是找你．我知道你到了人家與有急難的時候往往肯不追究前事的．

爵爺　亦許我應該謝謝你這樣稱贊我——尤其是在這個當口；然而——

孟　你可以告訴我，爵爺，你爲什麼恨我嗎？

爵爺　哦，那有什麼用處？

孟　那說不定可以消除我們兩個人中間的隔膜．我從來不曾故意同你作對過．

爵爺　你自己以爲不曾嗎？　那麼，讓我來告訴你一樁你同我作對的事情．我爲了我的工人同職員辦了那個鐵廠儲蓄銀行．但是那時候你偏要做起銀行家來了；大家把款子存到你——

孟　那是當然的道理，因爲我的利息大．

爵爺　不錯，但是你放債的亦大啊．

孟　但是我在抵押品和別的條件上頭不大十分計較的．

爵爺　那正是可惡的地方；因爲現在的人借起債來動不動就是一兩萬，並且放債的主兒同借債的主兒兩方面都逃一個大毀亦沒有．孟森先生，這是我恨你的原因．另外還有一樁更教我痛恨的事情．你想我眼睜睜瞧着自己的兒子胡亂去幹這些危險的投機買賣，心裏好過不好過？

孟　但是教我有什麽法子呢？

爵爺　他還不亦是像別人一般看了你的榜樣學壞的。　你爲什麽不守着你的舊行業？

孟　像我父親似的做個木商？

爵爺　在我手裏做事能算一樁丟臉的事情嗎？　當初你父親安分守己地做事，同行的人都知道敬重他。

孟　不錯，等到他做得差不多筋疲力盡，後來連人帶木筏一齊翻到瀑布裏去了。　爵爺，你可知道那種行業裏頭有什麽生趣沒有？　你只曉得舒舒服服地坐在家裏吃現成飯享現成福，可曾想到過那些替你作工的人在山坳水灣裏吃的什麽辛苦？　你能怪這樣一個人想掙出頭嗎？　我比我父親略微多受了一點教育；亦許我多一點腦子——

爵爺　很像是的。　但是你是用了什麽方法掙出頭的？　你起初賣酒。　後來你買了許多曖昧不明的債券，不顧死活地去逼人家；——你就這樣一步一步地爬上去了。　爲了自己要想出頭，你不曉得害過多少人！

孟　買賣場中本是這樣；一個起來，一個下去．

爵爺　但是我反對的是你用的方法．我知道有許多體面人家都被你害進了貧民院．

孟　赫利丹尼爾離進貧民院的日子亦不很遠了．

爵爺　我懂得你的話：但是我做的事無論對天對人都不慚愧！　當初我們新同丹麥分離大局危急的時候，我父親很命地把家財報效國事．所以我們家一部分的產業就到了赫利家裏．結果怎麼樣呢？　因爲後來赫利丹尼爾經管不得法，那些靠着那產業過日子的人很是吃虧．他把木材胡亂砍伐，不但妨礙，并且竟可以說害盡，一地方的人．假使我有力量，不許他那樣亂下去，難道不是我的很明顯的責任嗎？那時候事情湊巧，我正有力量；我又有理幫着我；後來我就很正當地把祖產收回來了．

孟　我亦始終有理幫着我．

爵爺　你雖然有理，但是你的良心怎麼樣，如果你有良心的話？　你破壞了社會上的秩序！　你毀滅了大家尊敬財富的心！　如今大家談起來，不問某家的錢是怎麼來的，傳了幾代了；他們只問某人究竟値多少？　大家就照着他的估價去看待他．現在我就這些情形的斷；人家把我看成同你是一夥的人，把我們連起來說，無非因爲我們是本地的兩個頂大的財主．這種情形我受不了！　我簡直告訴你罷；這就是我恨你的原因．

孟　這種情形不久就會沒有的；我預備把買賣收掉不幹了；處處地方都讓你；但是我求你務必幇我一點忙！

爵爺　做不到．

孟　你要什麽價錢我都肯出——

爵爺　出價錢？　你竟敢——！

孟　即使不看我的面上，亦該看你兒子的面上！

爵爺　我兒子的！

孟　不錯，他亦在裏頭．他差不多該贏兩萬塊錢．

爵爺　該贏？

孟　不錯．

爵爺　那麽，嗳呀！　誰該輸這些錢呢？

孟　你這話怎麽講？

爵爺　我兒子贏的一定有人輸的！

孟　這是一宗好買賣；其餘我就不便多說了．但是我要借重一個殷實的人名；只消你簽個字——

爵爺　簽字！　簽在一張借據上——？

孟　數目不過一萬或是一萬五。

爵爺　你當作我——？　我的名字！　做這種事情！　用我的名字去做擔保，對不對？

孟　不過是一種形式罷了——

爵爺　是一種騙局罷了！　我的名字！　無論如何休想！　我從來不曾替別人簽過字。

孟　從來不曾？　這話太過火了，爵爺。

爵爺　這是實實在在的情形。

孟　不，不見得；我親眼看見過的。

爵爺　你看見的什麼？

孟　你的名字——至少在「一」張借據上。

爵爺　那是謊說，我告訴你！　你並沒有看見過。

孟　我看見過的！　在一張二千塊錢的借據上。你再仔細想想！

爵爺　二千的亦沒有，一萬的亦沒有！　我敢說從來不曾有過！

孟　既然如此，一定是假冒的了。

爵爺　假冒？

孟　不錯，假冒——因爲我確看見過的。

爵爺　假冒？　假冒！　你在什麼地方看見的？　在誰手裏看見的？

孟　這個我不能告訴你．

爵爺　哈哈！　好在我們就會査出來的！

孟　聽我說——！

爵爺　住嘴！　索性鬧到這步田地了！　假冒！　他們一定要把我拉下水去！　那麼，亦難怪別人要把我同你們看成一樣！　但是現在是輪到我的時候了！

孟　爵爺——看你自己同別人的面上——

爵爺　滾出去！　不要在我眼前站着！　一切的事情都是你在那裏弄鬼！　不錯，正是你！　那搗亂的東西眞該死！　你家裏的聲名難聽得很．你結交的都是什麼人？　無非是一班京城裏和別處來的酒肉朋友，只知道狂吃亂喝，不問在一塊兒的是什麼人．你少說話！　我親眼看見過你的那些貴客耶穌聖誕節的時候在大街上像一羣亂嗥的狼似的叫罵．還有更不堪的呢．你同自己家裏的女用人亦有不干不淨的事情．爲了你的荒唐和虐待，你的老婆都被你逼瘋了．

孟　啊，越說越豈有此理了！　我決不白放過你．

爵爺　唉，你這話只好嚇小孩子去！　我怕你什麼？　剛才你問我恨你什麼，我已經說了．現在你應當明白爲什麼我把你逐出上等社會的原故了．

孟　不錯，現在我要拉倒你們的上等社會——

爵爺　那邊出去！

孟　我認識，爵爺！

（從後邊出去．）

爵爺　（開了右邊的門喊道．）凌代爾，凌代爾——到這裏來一趟！

凌　什麼事？

爵爺　（向飯廳裏喊道．）醫生，請到這裏來罷！　凌代爾，現在你看我料的話果然險了．

費　叫我幹什麼，爵爺？

凌　料的什麼？

爵爺　你怎麼說，醫生？　平日我說地方上的風氣都被孟森鬧壞了，你總怪我形容過火．

費　不錯，怎麼樣呢？

爵爺　我們倒很好！　你猜怎麼樣？　哼，外頭出了假冒名字的事情了．

凌　假冒？

爵爺　不錯，假冒！　你猜他們假冒的誰的名字？　哼，我的！

戴　誰幹得出這種事情？

爵爺　教我怎麼知道？　地方上的泥帳東西我又不個個都認識。但是我們就査得出來的。——爵生，替我做一樁事情。那些東西一定到了不是儲蓄銀行就是鐵廠銀行的手裏。趕緊到冷特斯丹那裏去一躺；他是經理，事情最熟悉一點。査一査有沒有這樣一種東西——

戴　是啦；我馬上就去。

凌　冷特斯丹今天在這邊廠裏學校董事會開會。

爵爺　那更好了。去把他找來。

戴　我馬上就去。

（從後邊出去。）

爵爺　你呢，凌代爾，到鐵廠裏去査査。我們把這件事一追究明白，我們立刻去起訴。決不輕饒這些泥帳東西。

凌　很好。噯呀，誰想得到有這種事情？

（望右出去。）

（爵爺在屋子裏來回走了一兩躺，剛要走進書房，恰好這時候伊呂克從後邊走進來。）

伊　好爸爸，——

爵爺　哦，是你嗎？

伊　我極想同你說話．

爵爺　哼；這時候我誰都不高興理．你來幹什麼？

伊　父親，你是知道我向來做事不曾牽涉過你的．

爵爺　是的；你這種好意，我實在不敢當．

伊　但是現在我不能不——

爵爺　你不能不什麼？

伊　父親，你一定要幫我！

爵爺　幫你錢！　我告訴你——

伊　只這一次！　我賭咒以後永不再；——不瞞你說，我同司通里孟森做了幾樁交易——

爵爺　我知道．你們正幹着一注極好的投機買賣！

伊　投機買賣？　我們？　不！　誰告訴你的？

爵爺　孟森自己告訴我的．

伊　孟森到這裏來過的嗎？

爵爺　他剛走．我把他趕出去的．

伊　父親，如果你不幫我，我就完了．

爵爺　你？

伊　正是．孟係替我墊過款子；我出着極重的利錢；現在那些借款到期了——

爵爺　你看怎麼樣！　從前我對你說的什麼——？

伊　不錯，不錯，現在來不及了——

爵爺　都完了！　只有兩年工夫！　但是教他怎麼會有別的結果呢？　本來你混在那些嘴裏說得天花亂墜哄人發財的騙子堆裏做什麼！　他們不是你結交的人．同那等人來往，一定要什麼手段來什麼手段去才行，不然就要吃虧；現在你明白了．

伊　父親，你究竟肯救我不肯？

爵爺　不；話都說完了，不；我不肯．

伊　我的名譽要不保了——

爵爺　哦，我們不必用這種大字眼！　現在的時候做買賣賺錢說不到名譽上面；我看反過來說倒對的．趕緊回去把帳算出來；欠人家的都還清，越了結得快越好．

伊　哦，你不知道——

（賽爵賜同陶拉從客廳裏進來．）

賽　那是伊呂克說話的聲音嗎？——噯呀，什麼事？

爵爺　沒有什麼．再到客廳裏去．

賽　不，我不去了．我要知道是什麼事．伊

呂克，什麽事，告訴我？

伊　只不過是我都完了！

陶　都完了！

爵爺　嗳呀，你看！

孫　什麽都完了？

伊　所有的東西都完了。

孫　你是不是說賠了錢了？

伊　錢，房子，地產——所有的東西。

孫　那就是你的所有的東西嗎？

伊　我們走，孫爾瑪。我替自己剩下的只有你了。我們準備一同擔當這一下子。

孫　這一下子！　一同擔當？　（嚷道。）你看我配嗎？

爵爺　嗳呀——！

伊　你這話怎麽講？

陶　哦，孫爾瑪，小心！

孫　不，我不必小心！　我不能再這樣敷衍露尾撒謊騙人了！　我一定要說實話了——我什麽都不願意擔當！

伊　孫爾瑪呀！

爵爺　孩子，你在那裏說些什麽？

孫　哦，你們待我好狠心！　不害羞的——你們這些人！　我總是受人家的——永遠不必給什麽。我在你們這裏簡直像個要飯的．你們從來不曾要求我犧牲什麼；因爲我不配擔當事情．我恨你們！ 我討厭你們！

伊　這是怎麼一會事？

爵爺　她有病她瘋了！

裘　我一向苦苦地盼着替你們代一點勞，分一點憂！ 但是每逢我題起這件事，你們總是一笑了事．你們把我打扮得像泥娃娃一樣，和逗小孩子似的來逗我．哦，我想起了同你們患難相共好不決活！ 我盼望過一種高大努力的生活的心好不深切！ 現在你別的東西都沒有了，你來找我了；但是我不願意專做人家的末一着棋子．你的患難現在同我不相干了．我亦不同你在一塊兒了！ 我寧可到街上去唱曲——！ 讓我走！ 讓我走！

(從後邊直跑出去．)

爵爺　陶拉，這裏頭有什麼意思沒有，還是——？

陶　哦，不錯，這裏頭有意思；假使我能早看出來．

(從後邊出去．)

伊　不，我別的都捨得，只有她捨不得！ 裘爾瑪，裘爾瑪！

(跟着陶拉同費爾瑪出去.)

凌　(從右邊進來.)　爵爺!

爵爺　什麼事?

凌　我到銀行裏去過了——

爵爺　銀行?　哦,不錯,爲那借據——

凌　沒有事他們不曾收着過你簽字的借據——

(費爾博同冷特斯丹從後邊進來.)

費　瞎着急,爵爺!

爵爺　當眞?　儲蓄銀行裏亦沒有?

冷　當然沒有.　我做了這些年的經理,一次都不曾看見過你的名字;不消說得除了在你兒子的借據上.

爵爺　我兒子的?

冷　是的,今年春初你替他簽字的那張.

爵爺　我兒子?　我兒子?　你竟敢對我說——?

冷　嗳呀,請你仔細地想一想;一張你兒子出的二千塊錢的借據——

爵爺　(換一個座位.)　嘎,嗳呀——!

費　了不得——?

凌　難道會有——!

爵爺　(倒在一張椅子裏.)　安靜些,安靜些!　你說是我兒子出的?　我簽的字？敷目是二千塊？

致　（向冷特斯丹·）現在這張東西在儲蓄銀行嗎？

冷　現在不在那裏了；上星期被孟森贖出去了——

爵爺　被孟森——？

凌　孟森亦許還在廠裏沒走呢，我去——

爵爺　且慢？

赫　（從後邊進來·）諸位都好！　你好，爵爺！　昨天晚上暢快得很，謝謝！　你猜我剛聽見的什麼新聞——？

凌　對不起得很；我們正忙着——

赫　我告訴你，別人亦是這樣對方說罷，我們那位司通里來的朋友——

爵爺　孟森？

赫　嘻嘻；真是一樁妙事·外頭選舉的陰謀正鬧得沸翻盈天·你猜他們搽推鬧出什麽來了？　他們預備花錢運動你，爵爺！

冷　花錢運動——？

爵爺　他們是憑着果子猜度樹·

赫　這真是我所聽見的最不要臉的事情了！　我剛才便到倫錫爾門夫人家裏去喝杯苦酒，不想孟森和史坦恩斯郭兩位都在那裏坐着喝紅酒——好傢東西！　我進碰都不要碰的；然而他們儘不妨讓我一讓．但是孟森却轉過來向我道『你敢賭東道說，明天初選投票勃拉久保爵爺不同我們一班人一致嗎？』我說，『當眞，那是怎麼的？』他又說，『哦，這張借據可以使他——』

斐　借據——？

冷　投票的時候——？

爵爺　唔？後來怎樣？

赫　哦，其餘我就不知道了．他們說什麼二千塊錢．那個數目是他們對於一個上等人的良心的估價！哦，眞是可恨！

爵爺　一張二千塊錢的借據？

凌　在孟森手裏？

赫　不，他交給史坦恩斯郭了．

冷　有這種事！

斐　給了史坦恩斯郭？

爵爺　你確實知道嗎？

赫　十分確實．他說，『你喜歡怎麼用就怎麼用．』但是我不懂得——

冷　我有話要同你說，赫利先生，還有你，凌代爾．（三個人在後邊低聲談話．）

斐　爵爺！

爵爺　什麼事？

費 不消說得你兒子的借據是眞的——！

爵爺 猜上去是罷．

費 當然是的．但是如果那假冒的借據出現的話——？

爵爺 我不起訴了．

費 當然不了；但是你就這樣還不够．

爵爺 （站起來．）我不能再怎麼樣了．

費 啊，使不得，你不但能，并且必須．你一定要救那可憐的人——

爵爺 怎麼樣救他？

費 簡單得很：承認那上頭簽的字．

爵爺 這樣說起來，醫生，你看我們家什麼事都不必顧惜了？

費 爵爺，我照着頂妥當的辦法想．

爵爺 你想我肯說謊嗎？ 我肯中那些騙子的計策嗎？

費 你可曉得如果你不肯的結果嗎？

爵爺 犯罪的人自有法律去處置他．

（向左出去．）（幕下．）（第三幕完．）

第四幕

（倫鐸爾門夫人家裏一間公共屋子．正門在後邊；兩旁各有小門．右邊一扇窗；窗前一張桌上擺着寫字的東西；再往後去，在屋子中間，又有一張桌子．）

倫　(聽見她在左邊高聲說話•) 哦，讓他們幹自己的事情去• 告訴他們，他們是到這裏來投票的，不是來喝酒的• 如果他們不願意等着，他們可以幹別的去•

史　(從後邊進來•) 你好！ 唔，唔！ 倫鐸爾門夫人！ (走到左邊去敲門•) 你好，倫鐸爾門夫人！

倫　(在裏頭•) 哦！ 誰呀？

史　是我——史坦恩斯郭• 我可以進來嗎？

倫　不，你不能！ 不行！ 我還沒有穿好衣服呢•

史　什麼？ 你今天這樣晚？

倫　哦，老實告訴你，我早就起來了；不過一個人總要整齊一點纔是• (向外張探，頭上蒙着一塊東西•) 唔，什麼？ 你千萬不要瞧我，史坦恩斯郭先生• 哦，有人來了！

(砰的一聲把門關上，就不見了•)

阿　(拿着一卷報從後邊進來•) 你好，史坦恩斯郭先生！

史　印好了嗎？

阿　是的，在這裏• 請看——『獨立紀念慶祝會——本報特約通信員•』 那邊是少年黨成立紀事，這上頭是你的演說詞• 我把罵人的地方都用黑線畫着。

史　我看好像都畫着黑線呢。

阿　差不多都是。

史　不用說那號外昨天已經都散出去了？

阿　當然各處都散過了，定報的同不定報的。你要瞧瞧嗎？

史　（草草看下來。）『我們那位可敬的議員，冷特斯丹先生，預備辭職……長久而忠心的服務……學那詩人說的休息，愛國志士呀，那是你應得的事情！』唔！『獨立紀念日成立的會：少年黨……史坦恩斯郭先生，黨裏的主腦人物……及時的改革，輕利的借貸。』啊，很好。投票起頭沒有？

阿　正是熱鬧時候。少年黨全體都到了——投票的同不投票的。

史　哦，那不投票的真該死——這話當然只可以我們兩個人知道。你去同那些猶豫不定的人說一說。

阿　是啦。

史　你去告訴他們，我的宗旨同冷特斯丹的一樣——

阿　交給我就是；我知道本地的情形。

史　還有一件事看我的面上，阿斯拉克孫，今天不要喝酒．

阿　哦，一點都沒有喝．

史　等事情都完了以後，我們要痛痛快快地樂一夜呢；但是現在要記着這事關係我，還有你，的重大；你的報酬——　好好地去幹，讓我看你能——

阿　哦，我不願意再聽了；我這點年紀，自己做能照顧自己．（從右邊出去．）

倫　（從左邊進來，裝束華麗．）現在，史坦恩斯郭先生，有事請你吩咐罷．是不是重要的事——？

史　沒有什麼，不過想和你打聽一聲孟森先生什麼時候來．

倫　他今天不到這裏來．

史　今天不來？

倫　不；今天早晨四點鐘他經過這裏的；這幾天他總是趕來趕去忙得不了．不但如此，他還跑進來把我從牀上叫起來——他想借錢，你要知道．

史　當真孟森這樣？

倫　正是．孟森那人在錢上真了不得．我希望他事情順手．我亦同樣地希望你，因為我聽說你快要做國會議員了．

史　我嗎？　沒有的事；誰這樣告訴你的？

倫　哦，冷特斯丹一邊的人．

赫　（從後邊進來．）嘻嘻！　你好！　我不妨礙你們的事嗎？

倫　哦，說那裏話！

赫　噯呀，好漂亮！　你這樣打扮起來難道爲的是我嗎？

倫　那還用說得．　我們這樣打扮起來爲的是你們這些年輕人，對不對？

赫　爲的是要娶親的人，倫鐸爾門夫人；爲的是要娶親的人！　可惜我爲了打官司一點工夫都沒有了．

倫　哦，瞎說；你有的是工夫娶親．

赫　沒有；爲那個有工夫的！　婚姻這樁事情是要用全副精神去做的．　亦能——如果你不能嫁我，你一定要找個別人將就將就，因爲你應該再嫁總是道理．

倫　你要知道，有時候我亦這樣想．

赫　那是不用說的；一個人嘗過了婚姻的滋味——　不消說得那去世的可憐的倫鐸爾門是個千中挑一的人——

倫　我不願意說得那樣過分；他那人嫌粗鄙一點；并且太貪杯；但是丈夫總是丈夫．

赫　很對，倫鐸爾門夫人；丈夫總是丈夫，寡婦總是寡婦．

倫　事情總是事情。哦，有時候我一想到那許多非親自去做不可的事情，我眞是頭暈眼花什麼都糊塗了。東西人人要買到了付錢的時候，我却非借重法庭去催呀催呀的，什麼方法都用遍不行。你瞧着能，我不久就要請一個律師辦我自己的事了。

赫　我告訴你，倫鐸爾門夫人，我應該就請史坦恩斯郭先生；他是個沒有娶親的人。

倫　哦，你說的什麼話！我不要再聽下去了。（向右出去。）

赫　好一個受用的女子！神氣依然很漂亮；目前還沒有小孩子；錢存放得很妥當。她亦受過教育，并且很淵博。

史　很淵博！

赫　嘻嘻；她應該是的；她在阿姆巡迴劇團做過兩年事情。但是我覺得你今天好像有一肚子的別的事情似的。

史　一點都沒有；我甚至於連自己投票不投票都不知道。你預備舉誰，赫利先生？

赫　我沒有弄到選舉票。市面上只有一個狗窩有資格，那個被你買去了。

史　如果你找不着住的地方，我情願把他讓給你。

赫　嘻嘻！你說笑話了。啊，少年，少年！

你們的性格眞好！　但是現在我要去看那動物園了．我聽說你們全體黨員都出來了．（看見裴爾博從後邊進來．）醫生亦來了！　你大概是爲一種科學考察來的罷！

裴　一種科學考察？

赫　正是，研究這流行病；你想必已經聽見外頭鬧的那很厲害的狗瘋症了？　我的親愛的少年朋友們，但願上帝保佑你們！

（向右出去．）

史　趕緊告訴我——今天你看見過爵爺沒有？

裴　看見過的．

史　他說些什麼？

裴　他說些什麼？

史　是的；你知道我寫過信給他．

裴　當眞？　你在信裏說些什麼？

史　我說：我對於他女兒的態度還是照舊；我盼望同他當面談談這件事，并且明天我預備去看他．

裴　假使我做了你，我至少要遲一過再去．明天是爵爺的生日；人一定很多——

史　不要緊；人越多越好．不瞞你說，我手裏拿着一副穩贏的牌．

費　你亦許太誇口了一點罷？

史　這話怎麽講？

費　我說你亦許用了一點小小的威赫去點綴你的愛情？

史　費爾博，你看見過那封信了！

費　沒有，你放心——

史　既然如此，老實說罷——我是威赫過他的。

費　啊！　那麽，我這裏有一個你的信的答覆。

史　答覆！　什麽，快說！

費　（給他看一張封好的紙。）你瞧——這是爵爺的投票代表證。

史　他舉誰

費　無論如何不是舉你。

史　那麽，他舉誰？　究竟舉的是那一個？

費　舉的是那州官同那副監院。（副監院是一個教會裏的官職。）

史　什麽！　連冷特斯丹都不舉？

費　不。你可知道爲了什麽？　因爲冷特斯丹要推舉你做他的後任。

史　他竟敢這樣做！

費　是的，他做了。　他還說：「如果你看見史坦恩斯郭，你不妨告訴他我舉的是誰；讓他可以明白我們站的地位！

史　好；既然他要這樣做亦沒有法子！

費　小心；推倒一座礮塔是很危險的事情——說不定他要壓在你們頭上．

史　哦，這兩天裏頭我學乖了．

費　當眞？你乖得還不能不上冷特斯丹的當．

史　你當我沒有看透冷特斯丹那個人嗎？你當我不知道他和我要好爲的是他想我可以說動爵爺幷且爲的是他要破壞我們少年黨的團體幷且把孟森排擠出去嗎？

費　但是他現在知道了你並不會說動爵爺啊？

史　他已經走得太遠退不回來了；我利用了這時候散布我的演說辭．敵他的人大半不肯來投票；敵我的人却都在這裏．

費　初選到複選是很長的一步路．

史　冷特斯丹心裏明白如果他不讓我初選當選，我就要鼓動人家把他趕出市議會．

費　這個計策果然不錯．但是要想做成這些事情，你一定覺得非在這裏把根栽得比現在更堅固些不行．

史　是的，這班人總是要求切實的保證和共同的利害．

斐　一些不錯；所以勃拉次保姑娘就不能不犧牲了？

史　犧牲？　如果眞是這樣，我就迹個無賴都不如了．　但是我相信這是爲她的幸福起見．　你有什麽說的？　斐爾博，你爲什麽那種神氣？　你背地裏有什麽計策——

斐　我嗎？

史　不錯，正是你！　你在那裏背地裏計算我．你爲什麽要這樣？　有話不必瞞着我——你願意不願意？

斐　老實說，我不願意．你這人居心陰險，操守不定——無論如何是宵非造次，所以人家有話不敢和你實說．無論什麽事情讓你一知道，你就毫無顧忌地去利用他．但是我有一句朋友忠告的話：趁早把勃拉次保姑娘丟開不要想．

史　我不能．我一定要擺脫這些卑陋的環境．我不能再過這種討厭的生活．我在這裏住着不能不同狄克，湯姆，赫呂一班人做好朋友；在屋角裏同他們交頭接耳；他們渴酒胡鬧，聽他們醉後說輕薄話；同這些乳臭未乾的孩子去親密要好．在這種地方住着教我怎麽能保住我的一片愛國愛民的心不弄髒呢？ 我覺得好像火在那裏從我的話裏噴出來。現在我沒有活動的地方，沒有新鮮的空氣。哦，我有時候盼望絕世的女子好不厲害！ 我盼望得到一點帶着美麗的東西！ 我現在在這裏一個混濁的旋渦裏，一方面外頭那碧綠澄清的水在我旁邊流過去——但是這些事情「你」那裏懂得？

冷　（從後邊進來。）啊，這裏我們有好伴。你好！

史　我有新聞告訴你，冷特斯丹先生，你可知道爵爺舉的是誰？

費　住嘴！ 你太不要臉了。

史　我怕什麼？ 他舉的是那州官同那副監院。

冷　哦，那本是意中事。你和他樣樣事情都鬧糟了——雖然我亦勸過你好好地幹。

史　以後我一定好好地去幹。

費　小心——那個頑意兒可以兩個人頑的。

（向右出去。）

史　他心裏有事。你有點知道是什麼嗎？

冷　不，我不知道。但是提起來，我看見你在今天的報上很出風頭啊。

史　我？

冷　不錯，還有說我的一段妙評・

史　哦，不用說得那是阿斯拉克孫那個畜生——

冷　你攻擊爵爺的話亦登出來了・

史　我一點都不知道・如果爵爺要和我開戰的話，我的兵器比他的快・

冷　當真！

史　你看見過這樣憑據沒有？你瞧・禁得住禁不住？

冷　禁得住，你說？這張東西！

史　不錯；仔細看看・

赫　（從右邊進來・）這是怎麼說——啊，真有趣！你們諸位只管照樣不要動！你們可知道我看見了你們這種情形不由得想起什麼來了？我想起極北地方的夏天晚上來了・

冷　這個譬喻古怪得很・

赫　一個很明顯的譬喻——出山的太陽同落山的太陽碰在一起・有趣，有趣！但是，說起這事，外頭在那裏鬧些什麼？你們那些同胞在那裏像嚇昏的雞鴨一樣亂叫亂飛，不知落到什麼地方去好・

史　這是個重要的當口・

赫　哦，你和你的重要！不，諸位要知道，事情完全不是這樣！　外頭有一個大倒賬的風聲；一樁破產的事情——哦，不是政治上的，冷特斯丹先生；我並不是指那個說！

史　一樁破產的事情？

赫　嚐嚐！　我們這位法律朋友聽了高興起來了．不錯，正是一樁破產的事情；有人快要倒了；斧頭已經放到樹根上——我不多說了！　有人看見兩位生客跑過這裏；但是到什麼地方去的呢？　他們是來找誰的？　冷特斯丹先生，你知道不知道？

冷　我只知道不說話，赫利先生．

赫　那是不用說的；你是個政治人物，是個外交家．但是我却一定要去盡力把這件事打聽個明白．這是他們這些理財大家的頑意兒他們好像一串珠子似的——一顆一滑下來，其餘的亦都跟着．（從後邊出去．）

史　這些謠言靠得住靠不住？

冷　剛才你給我看過一張借據；我記得看見上頭有小勃拉次保先生的名字？

史　還有爵爺的呢？

冷　你問我那張東西靠得住靠不住？

史　正是；你看看．

冷　亦許不很靠得住．

史　那麼，你看出來了？

冷　看出什麼來了？

史　看出是假冒的來了．

冷　假冒的！　假冒的借據往往最靠得住；人家先賠他．

史　但是你看怎麼樣？　這不是假冒的嗎？

冷　我不大喜歡他那樣子．

史　為什麼？

冷　恐怕外頭多得很，史坦恩斯郭先生．

史　什麼！　難道說——？

冷　如果小勃拉次保先生從串上一滑下來，那些同他最親近的人免不了都要跟着．

史　（抓住他的臂膊．）你所說的最親近的人是誰？

冷　誰還能比父子再親近嗎？

史　噯呀——！

冷　記着，我沒有說什麼！　剛才是赫利丹尼爾在那裏說什麼倒賬咧，破產咧，還有——

——

史　這好像是我的一個靑天霹靂．

冷　哦，從前有許多人看樣子像很殷實，後來都跌倒了．　亦許是他太忠厚了；隨便替人家作保；現錢是不能永遠有的；只好把產業不當正經地去賤賣——

史　不消說得這是要影響到——影響到他的子女的．

冷　不錯，我十分替勒拉次保姑娘擔憂．她的母親沒有給她留下多少錢來；并且連那留下來的一點誰知道現在還有沒有．

史　哦，現在我才明白費爾博勸我的一番話；他倒底是個好朋友．

冷　費爾博說的什麼？

史　他太忠心了不肯說什麼，但是我一樣地懂得他——還有你，冷特斯丹先生．

冷　從前你不懂得我嗎？

史　不很透澈．我忘了那耗子和沉船的古語了．

冷　這樣說法不大好聽．但是你爲什麼這樣子？　你好像很不舒服．噯呀，莫非是我掃了你的興了？

史　這話怎麼講？

冷　是的，是的——我都看出來了．雖然我是個老糊塗！　我的史坦恩斯郭先生，如果你眞心愛那女孩子，她有錢沒有錢又有什麼關係？

史　關係？　沒有，當然——

冷　我們都知道快樂不是一個錢的問題．

史　當然不是的·

冷　只要勸苦堅忍，你不久就會再爬起來的·不要讓窮苦把你嚇退· 我知道戀愛的滋味；那些境界我年輕的時候都經歷過· 家庭的樂趣；一個忠實的女子——！ 我的年輕朋友，小心不要做出一輩子自己後悔不迭的事情來·

史　但是你那些計畫怎麼樣呢？

冷　哦，那只好由着他們自己去了· 我斷不肯要你犧牲感情！

史　但是我情願犧牲· 我要讓你看看我有這種魄力· 想想外頭那些殷殷盼望的人們：他們合着一片默默的深情要我去· 我不能，我不敢，不答應他們！

冷　不錯，但是地方上的前途——？

史　冷特斯丹先生，關於這一層我要想法子滿足我的同胞市民的要求· 我有了一個方法，一個新方法；我就要照着那個方法去做· 我情願捐棄那在暗地裏爲我的情人出力的快樂· 我要告訴同胞：『我在這裏——你們把我拿去就是！』

冷　（瞧着他心裏靜靜地佩服，緊握着他的手·） 你眞是個才具出衆的人· （向右出去·）

（史坦恩斯郭在屋子裏踱了幾趟，有時候在窗前站一回兒，有時候用手掠掠頭髮．不多一刻柏斯得從後邊走了進來．）

柏　喂，我來啦．

史　你從什麼地方來？

柏　從國裏來．

史　國裏？這話怎麼講？

柏　你不知道國字當什麼講嗎？國就是人民；人民就是平民就是那些一無所有，一無所能的人；就是那些挫在——

史　這究竟都是些什麼猴子把戲？

柏　猴子把戲？

史　我近來覺得你處處在那裏摹仿我；你甚至於學我的衣服和我的筆跡．請你以後不要再這樣．

柏　你這話我不懂．難道我們不是一黨的人嗎？

史　不錯，但是我看不慣這種情形——你的舉動做得可笑得很——

柏　因爲像你？

史　因爲學我的樣．現在好好的，孟森，不要再鬧了．這樣討人嫌得很．但是，喂，你可知道你父親什麼時候回來？

柏　我不知道。我猜他是到京城裏去的。一兩個星期裏頭恐怕不見得能回來。

史　當眞？不湊巧得很。我聽說他手裏有一注大買賣。

柏　我手裏亦有一注大買賣。喂，史坦恩斯郭，你一定要幫我一點忙。

史　極願意。什麼事？

柏　我覺得精力充足得很。這是要謝謝你的。因爲是你把我提起來的。我覺得我一定要「做」些事情，史坦恩斯郭；——我想娶親。

史　娶親？、娶誰？

柏　低聲？這裏的一個人。

史　倫鐸爾門夫人？

柏　低聲！不錯，正是她。千萬求你替我說句好話！這種事情正適宜於我。你要曉得，她是近水樓臺；從前她姊妹在那裏做管家娘，所以她和爵爺家裏的人都很要好。如果我能弄得到她，說不定巡市政工程亦能到手呢。所以總之——該死，我愛她！

史　哦，愛她，愛她？我們不要裝這種教人聽了要惡心的假仁假義。

柏　假仁假義！

史　是的；無論如何，你在那裏自己毀自己．你把市政工程同愛情進在一口氣說．為什麼不有什麼話說什麼話呢？　這種行為卑鄙得很；我不願意過問．

柏　但是你聽着——！

史　你自己去幹你這種骯髒營生能！（向發附博，其時他正從右邊進來．）　選舉怎麼樣了？

發　看上去你極得勢．我剛碰見冷特斯丹，他說差不多所有的票都是你得的．

史　真有這事？

發　但是你既然不是個財主，那於你有什麼益處？

史　（咬着牙．）　該死不該死！

發　你同時不能做兩樁事情．一方面你贏了，一方面你就只能甘心認輸．再見能！（從後邊出去．）

柏　他說些什麼胤咧氣的？

史　以後我再告訴你．但是目前——我的好孟森——回到我們剛才談的事情——我答應了替你說句好話——

柏　你答應了？　我倒以為你——？

史　哦，胡說；你沒有讓我把話來得及說完．我不過說你把愛情同市政工程等等的東西撥雜在一起，未免有些卑鄙；這是一樁違反你性質中間的最高尚的一部份的罪惡．所以，我的好朋友，假使你眞心愛那女孩子——

柏　那寡婦——

史　不錯，不錯；好在一樣．我說一個人眞心愛了一個女人，那件事的本身就該是個緊要的理由——

柏　不錯，我亦正是這樣想．那麼，你肯替我去說了？

史　是的，極願意——但是有一個條件．

柏　什麼條件？

史　我們公平交易柏斯譯——你亦要替我說句好話．

柏、我？　在誰的面前？

史　你當眞不曾看出什麼來嗎？　然而就在你的眼前．

柏　莫非是指——？

史　你的姊姊瑞娜？　不錯，是她．哦，你不知道我看見她那種靜靜地犧牲自己一心爲家的態度心裏怎麼地感動！

柏　這話可是當眞？

史　你這樣厲害的眼睛會一點都看不出來？

柏　不錯，有一陣我亦覺得——但是現在大家都在那裏說你緊緊地戀着偕爺的——

史　哦，偕爺的！　孟森，老實告訴你，有一個時候我確很躊躇不決；但是，幸而還好，事情已經過去了；現在我把形勢看得很淸楚了。

柏　我一定幫你，你放心。　至於瑞娜呢，容易得很，我父親和我要她做的事情她不敢不做。

史　不錯，但是你父親——這正是剛才我要說的——

柏　住嘴！　我聽見倫鐸爾門夫人在那裏來了。現在正是你替我說話的機會，如果她不是太忙的話；因爲太忙的時候她容易生氣。你盡着力去做，其餘的事有我自己呢。你碰見阿斯拉克孫沒有？

史　他或許在投票的地方。（柏斯曾從後邊出去，同時倫鐸爾門夫人從右邊進來。）

倫　史坦恩斯郭先生，事情順利極了；人人都投你的票。

史　那眞奇怪！

倫　誰知道司通里孟森要說什麼話。

史　倫鐸爾門夫人，我要同你說句話。

倫　什麼話？

史　你願意聽不願意聽？

倫　哦，我願意．

史　那麼就是你剛才不是正說你的寂寞嗎——

倫　哦，那是老赫利那討厭東西——

史　你還說一個無依無靠的寡婦怎麼樣不容易——

倫　一些不錯；你去試試就知道了，史坦恩斯郭先生．

史　但是現在如果有一個漂亮年輕男子——

——．

倫　一個漂亮年輕男子？

史　一個早就暗地裏愛上了你的人——

倫　哦，罷了，史坦恩斯郭先生，我不要再聽你胡說了．

史　你一定要聽！一個年輕男子；像你似的，覺得單身的日子過不慣．

倫　又怎麼樣呢？ 我簡直不明白你的意思．

史　如果你肯成全兩個人的幸福，倫錫爾門夫人，——你自己的同——

倫　同一個漂亮年輕男子的？

史　一些不錯；現在請你答覆我——

倫　史坦恩斯郭先生，你永不會正正經經地說話嗎？

史　你莫非當我拿着這種事還開頑笑？

倫　如果你願意——？

史　哦，我願意！　噯呀，我的親愛的——

倫　（倒退一步。）　這是怎麽說？

史　討厭，有人來了。

（瑞娜急急忙忙地從後邊進來，一付心慌意亂的樣子。）

瑞　對不起——我父親不在這裏嗎？

倫　你父親？　是的；不——我——我不知道——對不起得很——

瑞　他在什麽地方？

倫　你父親？　哦，剛才他在這裏經過——

史　到京城裏去的。

瑞　不；不會有的事情。

倫　我知道他確是順着這條路邊去的。哦，我的好孟森姑娘，你猜不出我心裏怎麽樣地快活！　等一等——讓我跑到地窖裏去拿一瓶好東西上來。（向左出去。）

史　孟森姑娘——你眞是我你父親嗎？

瑞　是的，當然是的。

史　你沒有知道他走掉嗎？

瑞　哦，我怎麽會知道？　他們不告訴我。但是到京城裏去的——？　不會的；他們要碰見他的。再見能！

史　（擱住她．）瑞娜！　告訴我，爲什麽你對我這樣大改樣子？

瑞　我？　讓我過去！　讓我走！

史　不，你不能走！　我相信是天打發你在這時候到這裏來的．　哦，你爲什麽這樣躱我？　你向來不是這樣的．

瑞　啊，幸斷都完了，謝天謝地！

史　爲什麽呢？

瑞　現在我曉得你這人了；總算好我曉得得還早．

史　哦，就爲這個？莫非人家在那裏造我的謠言？　亦許我自己亦不好；我上了人家的當走了錯路；但是現在事情都過去了．哦，我一瞧見，就覺得自己像換了一個人似的．　我很眞切地放在心上的是你；我愛的是你，瑞娜——你，沒有別人！

瑞　讓我過去！　我怕你．

史　哦，但是明天，瑞娜——明天我可以來找你說話嗎？

瑞　可以，可以，如果你一定要來的話；但是只消千萬不是今天．

史　只消不是今天！　哈哈！　我成功了；現在我快活了！

倫　（拿着餅乾同酒從左邊進來．）來，我們

一定要喝一杯賀賀運氣·

史　賀賀戀愛的運氣！　爲戀愛同快樂乾一杯！　明天萬歲！　（喝酒·）

海　（從右邊進來，向瑞娜·）　你找着他沒有？

瑞　沒有，他不在這裏·　喂，喂！　（這裏喂喂表示急切不耐煩的意思·）

倫　噯呀，什麽事？

海　沒有什麽；不過是司通畀到了幾個客——

瑞　倫鐸爾門夫人，謝謝你·

倫　哦，你又有客來了？

瑞　是的，是的；對不起，我要回去了，再會！

史　再會——明天見！

（瑞娜同海爾從後邊出去·　赫利從右邊進來·）

赫　哈哈！　像一所着了火的房子一樣！　他們都在那裏嘰嘰咯咯地叫史坦恩斯郭，史坦恩斯郭，史坦恩斯郭！　他們都在那裏舉你·　倫鐸爾門夫人，現在你亦應該舉他·

倫　啊，好極啦！　他們都在那裏舉他嗎？

赫　一致地——史坦恩斯郭先生得了地方上全體選民的信任·　老冷特斯丹的臉弄

得像蒔東瓜一樣．哦，瞧着這些事情眞有趣！

倫　他們不會後悔投他的票的！　我雖然不能投票，我能做東．（向左出去．）

赫　啊，史坦恩斯郭先生，你這人正對寡婦的胃口．我告訴你——只消你能把她弄到手，你就好了！

史　把倫綠爾門夫人弄到手？

赫　是呀，爲什麼不呢？　從各方面看來，她都是個很受用的女子．只消司通里的紙糊房子一倒，她就是操縱全局的人了．

史　司通里鬧了什麼亂子？

赫　沒有嗎？　噯呀，你的記性眞壞．　我對你說過外頭有倒賬和破產的謠言，幷且——

史　以後怎麼樣？

赫　以後怎麼樣？　這正是我們要打聽的．外頭一片追拿孟森的聲音；有兩個人到了司通里——

史　是的，我知道——兩個客人——

赫　哼哼，兩個不速之客；外頭在那裏傳說什麼警察同氣極了的債主——你要知道，那賬目裏有些蹊蹺的地方！　提起這事——咋天孟森給你的那張紙是什麼？

史　哦，不過是一張紙——你說賬目裏頭有些蹊蹺的地方？喂，你認得勃拉次保爵爺的簽字？

赫　噫嘻！我想我大概認得。

史　（拿出那張借據來。）請看。

赫　請你讓我拿過來看看——你知道我有些近視。（仔細看了一看。）哦，這個？這不是爵爺的親筆。

史　不是？那麼是——！

赫　這是孟森出的？

史　不是，是小勃拉次保先生出的。

赫　胡說！讓我再瞧瞧。（看了一看，把東西仍舊交回。）你可以用他點雪茄煙。

史　什麼！出票人的名字是——？

赫　是假冒的；確是假冒的，像我的名字叫丹尼爾一樣地靠得住。你只消帶一點懷疑的眼光去看自然就明白了。

史　：但是那怎麼會呢？孟森不會知道——

赫　孟森？不，他無論自己的和別人的都不知道。但在幸喜現在事情都完了，史坦恩斯郭先生——這是道德上的一種痛快。啊，我時常氣得要死，因為在旁個眼睜睜地看着——我不多說了！最妙的是，現在孟森一倒，他要把小勃拉次保拉下去；兒子又要他父親拉下去——

史　不錯，冷特斯丹就是這樣說．

赫　但是不用說得破產亦有方法． 你瞧着就是，我是個善於料事的人，孟森要坐監；小勃拉次保要清償債務，爵爺要受人監管；換句話說就是，他的債主每年給他二千塊錢．事情就是這樣，史坦恩斯郭先生；我知道，我知道—— 古書上說的什麼？ Fiat justitia, pereat mundus. 這句的意思是說這個萬惡世界的所謂公道是什麼東西！

史　（踱來踱去．）一個跟着一個！ 兩條路都不通！

赫　什麼——？

史　現在亦是這樣！ 偏在這個當口！

阿　（從右邊進來．）我替你道喜，人民的精選！

史　當選了！

阿　你一百十七票當選，冷特斯丹五十三票．其餘的人都沒有．

赫　這是你得意的第一步，史坦恩斯郭先生．

阿　要破費你一杯酒了——

赫　事情的第一步都是要破費的，他們這樣

說。

阿　（嘴裏喊着向左出去。）酒，倫鐸爾門夫人——一杯酒！人民的精選做東！

（冷特斯丹，後頭跟着幾個選舉委員，從右邊進來。）

赫　（同一種惋惜的口氣向冷特斯丹。）五十三——這是白髮志士的酬勞。

冷　（低聲向史坦恩斯郭。）你的主意堅決不堅決？

史　事情都這樣亂七八糟，堅決又有什麽用處？

冷　你看事情絕望了嗎？

阿　（從左邊回來。）倫鐸爾門夫人自己做東。她說她最應該。

史　（忽生一計。）倫鐸爾門夫人！——她最應該——！

冷　什麽？

史　冷特斯丹先生，事情還沒有絕望！（坐在左邊桌子上寫字。）

冷　（低聲。）哦，阿斯拉克孫——明天報上你可以替我登一點東西嗎？

阿　當然可以。是不是罵人的文章？

冷　不是，當然不是！

阿　不要緊；我一樣地肯登。

冷　這是我政治上的末次運動；今天晚上我去做．

女僕　（從左邊進來．）酒，倫鐸爾門夫人說道喜．

阿　哈哈！現在本地的情形有些生氣了．（他把酒杯放在中間桌子上，敬過別人，然後自己任意喝着．這時候柏斯磐已經從右邊進來．）

柏　（低聲．）你記得我那封信？

阿　不要害怕．（拍拍前胸的衣袋．）在這裏．

柏　能越早交越好——你看她沒有事的時候，懂不懂．

阿　我懂得．（喊道．）喂，喂，杯子都斟滿了．

柏　該死，但是不會讓你白出力的．

阿　是啦，是啦．（向女僕．）一個檸檬，卡拉，越快越好！（柏斯磐出．）

史　有何話，阿斯拉克孫明天晚上你經過這裏不經過？

阿　明天晚上？如果你要我來，我可以來．

史　那麼你不妨進來一趟把這封信交給倫鐸爾門夫人．

阿　你的？

史　不錯．把他放在你的衣袋裏．交給你了．明天晚上，那麼？

阿　是啦；放心就是．

（女僕送進檸檬來；史坦恩斯郭走向窗前．）

柏　唔——你同倫鐸爾門夫人說過沒有？

史　說？哦，不錯，一點兒——

柏　你看着怎麼樣？

史　哦——唔——後來我們讓別人把話打斷了．我不能一定說怎麼樣．

柏　我還是要試試；她老是抱怨寂寞．我的命運在一點鐘裏頭可以決定．

史　在一點鐘裏頭？

柏　（看見倫鐸爾門夫人從左邊進來．）住嘴！不要讓誰知道．（向後走去．）

史　（低聲向阿斯拉克孫．）把那封信還我？

阿　你要把他要回去嗎？

史　是的，趕快；我預備自己去交了．

阿　很好；信在這裏．（史坦恩斯郭把信塞自己袋裏一塞，又同大家混在一起．）

倫　（向柏斯髹．）你看這次選舉的結果怎麼樣，孟森？

柏　我很滿意．你知道我同史坦恩斯郭先

生是極知己的朋友．他做國會議員亦是意中的事情．

倫　但是你父親都不大喜歡這樣．

柏　哦，我父親手裏事情多得很呢．再說，卽使史坦恩斯郭先生當了選，那事情依然不會出我們的家門．

倫　這話怎麼講？

柏　他愛了——

倫　噯呀！　他說過什麼話沒有？

柏　說的，我還答應替他添句好話呢．事情一定能成．我知道瑞娜愛他．

倫　瑞娜！

冷　（走上前來．）什麼事惹你這樣關心，倫鐸爾門夫人？

倫　你知道他說的什麼？　他說史坦恩斯郭愛了——

冷　是的，但是恐怕他對付爵爺沒有這樣容易．

柏　爵爺？

冷　他或許覺得他的女兒做個地方律師太可惜了．

倫　誰，誰？

冷　不消說得是他的女兒勃拉次保姑娘了．

柏　他不見得在那裏愛勃拉次保姑娘罷？

冷　是，確是的．

倫　你敢斷定是眞的嗎？

柏　他對我說過——！　哦，我要同你說句話！

（冷特斯丹同柏斯櫟向後走去．）

倫　（走近史坦恩斯郭．）你一心要小心提防着，史坦恩斯郭．

史　提防誰？

倫　提防那些在那裏造你謠言的壞人．

史　不要緊由他們去——只消「一」個人不信他們的謠言就行．

倫　那一個人是誰？

史　（把那封信塞在她的手裏．）等着；沒有人的時候再看．

倫　哦，我早就料到的．（向右出去．）

凌　（從右邊進來．）我聽說你得了一個大勝，史坦恩斯郭先生．

史　是的，凌代爾先生，雖然你那位貴東家费了許多心力．

凌　他费了許多心力？　爲什麼？

史　爲排擠我．

凌　和別人似的，他亦有自由投票的權利．

史　可惜他那權利不像能保得長久了．

凌　你這話怎麼講？

史　我說，既然他的事情不很平直——

凌　他的事情！　什麼事情？　你在那裏想什麼？

史　哦，你不必裝糊塗．風潮不是在那裏醞釀嗎？——一個大局面的破產？

凌　是的，我聽見各方面都是這樣說．

史　不是勃拉次保父子兩個都在裏頭嗎？

凌　嗳呀，你瘋了不成？

史　哦，你當然想瞞人．

凌　那有什麼益處？　那種事情是瞞不過人的？

史　這樣說起來，這事靠不住嗎？

凌　關於爵爺的一個字亦靠不住．　你怎麼會相信這種無稽之談？　誰在那裏說你？

史　現在我不能告訴你．

凌　你亦不必告訴我；但是那人無論是誰一定有作用．

史　作用——！

凌　是的，你想想有沒有一個離間了你同爵爺於他有利的人？

史　不錯，確有．

凌　其實爵爺很看重你——

史　是嗎？

凌　是的，別人挑撥你們就爲這個．他們欺負你情形不熟，脾氣躁率——

史　哦，可惡東西！　倫鐸爾門夫人已經拿到我的信了！

凌　什麼信？

史　哦，沒有什麼；但是還來得及．我的好凌代爾先生，今天晚上你要同爵爺見面嗎？

凌　大概要的．

史　那麼，請你告訴他不必再去理會那些恐嚇的話——他自然明白；再告訴他，明天我要去看他，當面說明一切．

凌　你要去看他？

史　是的，去證明——啊，一個證據！　你瞧，凌代爾先生；你肯替我把這張借據交給爵爺嗎？

凌　這張借據？

史　是的；這件事的底細我不便告訴你，但是你只消交給他——

凌　放心，史坦恩斯郭先生——

史　并且再替我告訴他這就是我對待投票反對我的人的手段．

凌　我一定不忘．

（從後邊出去．）

史　我說，赫利先生——你怎麼會得了爵爺

那樣一套話來哄我？

赫　我怎麼會哄你——？

史　那樁事完全都是假的。

赫　假的！是嗎？那倒亦能了。你聽見沒有，冷特斯丹先生？說爵爺的那些話都是假的。

冷　住嘴！我們錯認了人了；這事近在眼前。

史　怎麼近在眼前？

冷　我不知道；但是人家都說倫鐸爾門夫人——

史　什麼！

赫　我從前沒有料着嗎！她同我們那位司通里的朋友太接近——

冷　今天早晨天還沒有亮他就跑了——

赫　現在他家的人正在那裏四面找他——

冷　他兒子用盡了種種的方法想他姊姊安頓起來——

史　安頓起來！她說的『明天』；她還念着他父親的事情——

赫　嘻嘻！你瞧着罷，他是去上吊自盡的！

阿　有人上吊自盡了嗎！

冷　赫利先生說司通里孟森——

孟　（從後邊進來。）一打香賓！

阿同別人　孟森！

孟　正是孟森！香賓孟森！金錢孟森！我們喝酒就是管他什麼東西！

赫　但是——

史　你從什麼地方掉下來的？

孟　我好好地在那裏做買賣！掙了十萬——嗨！明天我要在司迪里大請客。請你們諸位都去。香賓，聽見沒有？恭喜你，史坦恩斯郭！聽說你當選了。

史　不錯；我要把底細告訴你——

孟　呸，那和我什麼相干？喂，酒呢！倫鐸爾門夫人那裏去了？（正要從左邊出去。）

女僕　（恰好從外頭走進來，把他攔住。）這時候我們主婦什麼人都不見；她收到了一封信——

柏　哦，該死。（從後邊出去。）

史　她在那裏看信嗎？

女僕　不錯，她看了似乎心神不定的樣子。

史　孟森先生，再見；明天司迪里吃飯？

孟　不錯，明天。再見！

史　（低聲。）赫利先生，你可以幫我一點忙嗎？

赫　可以，可以．

史　既然如此，在倫錫爾門夫人面前略爲說我幾句壞話，偷偷地找一兩樁小事糟蹋糟蹋我．你幹這些事最拿手．

赫　這又算怎麼一回事？

史　我自有道理．這是我同一個和你有仇的人鬧着好玩賭的東道．

赫　啊哈，我明白了．我不多說了！

史　記着不要做得太過火．恰好把我這人說得閃閃爍爍的樣子——使她一時捉摸不定．

赫　你放心就是；我很高興去做．

史　謝謝，先謝謝你　（走向他前．）冷特斯丹先生，明天上午我們在偺爺家裏見面．

冷　你有希望沒有？

史　我有一個三層的希望．

冷　三層的？　我不明白——

史　你不必明白．從此以後我有事不同別人商量了．（從後邊出去．）

孟　（喝着酒．）再來一杯，阿斯拉克孫！柏斯樊那裏去了？

阿　他剛出去．但是我要替他送封信呢．

孟　是嗎？

阿　送給倫錫爾門夫人的．

孟　啊，到底做出來了！

阿　但是他吖囑我等到明天晚上再送去；明天晚上，亦不要再早，亦不要再遲。我敬你一杯！

赫　（向冷特斯丹。）史坦恩斯郭同倫鐸爾門夫人究竟鬼鬼祟祟地在那裏幹些什麼？

冷　（低聲。）他在那裏向她求婚。

赫　我亦疑心是的！但是他又教我在倫鐸爾門夫人面前說他幾句壞話——使人家對他疑疑惑惑。我不多說了！

冷　你說你願意去做？

赫　是的，那還用說。

冷　他說你這人向來是說到什麼地方做到什麼地方的——並且不做過頭。

赫　嘻嘻！那小子！這次他要知道他弄錯了。

倫　（手裏拿着一封拆開的信，站在左邊門口。）史坦恩斯郭那裏去了？

赫　他同女用人親了一個嘴出去了，倫鐸爾門夫人。（幕下。）（第四幕完。）

第五幕

（爵爺家的大客廳。大門在後邊。左右都有小門。）

（凌代爾站在一張桌子旁邊翻閱東西．有人敲門．）

凌　進來．

裴　（從後邊來．）　你好．

凌　你好，醫生．

裴　都好嗎？

凌　哦，不錯，都很好；但是——

裴　怎麼樣？

凌　不用說你一定聽見那椿大新聞了？

裴　沒有．　什麼新聞？

凌　難道你沒有聽見司迺里發生的事情嗎？

裴　沒有．

凌　孟森躲起來了．

裴　躲起來了！　孟森？

凌　正是躲起來了．

裴　噯呀——！

凌　昨天木有許多難聽的謠言，但是後來孟森又出來了；他故意想法子淆亂人家的耳目——

裴　但是爲了什麼？　究竟爲什麼事？

凌　他們說因爲木料生意大虧本．　京城裏好幾家店舖都不肯付款了，所以——

裴　所以他跑了．

凌　大概是逃到瑞典去的．今天早晨官廳已經收管了司通里，這時候正在那裏把他的家產一件一件地點查驗封——

費　那些可憐的小孩子呢？

凌　他兒子好像對於這件事不相干似的；至少我聽說他帶着一付不怕的樣子．

費　但是他女兒呢？

凌　不要做聲—　她在這裏．

費　這裏？

凌　今天早晨他們的先生把她同兩個小的帶到這裏來的．現在勃拉次保姑娘正悄悄地招呼着他們呢．

費　她覺得怎麼樣？

凌　哦，大概很好．你想，她在家裏過了那種日子——不但如此，並且你要知道她——

住嘴，爵爺來了．

爵爺　（從左邊來．）你在這裏，醫生？

費　不錯，我出來得很早．我祝賀你非常如意，爵爺．

爵爺　哦，說到如意——！　但是我一樣地謝謝你；我知道你是一片好意．

費　我要請問，爵爺——？

爵爺　我要說一句話：請你不要再用那個稱呼．

費　這是怎麼說？

爵爺　我是個鐵商，並不是什麼別的．

費　這句話好沒來由！

爵爺　我已經把我的爵位銜名廢除了．我的辭呈今天遞進去．

費　你不必去理會他．

爵爺　當初國王所以加恩賜我做他的一個親近的侍臣，正爲了我家世代清白的原故．

費　後來又怎麼樣呢？

爵爺　現在我們的家聲玷污了，正像孟森先生的一樣．不消說得你一定聽見孟森的事情了？

費　不錯，我聽見的．

爵爺　（向凌代爾．）他還有什麼別的消息嗎？

凌　無非是他害倒了許多年輕人

爵爺　我兒子亦在裏頭？

凌　你兒子已經把他的出入消賬送到我這裏，他還能照數全付；但是沒有什麼剩下了．

爵爺　哼．你替我把辭呈謄一謄？

凌　我去謄就是．

（從右邊最前的門裏出去．）

費　你現在做的事情你仔細想過沒有？

不必多我什麼心思事情就可以弄妥當的

爵爺　當眞！　我能假裝沒有看見出的事情嗎？

斐　哦，說了半天，倒底出了什麼事情？　他不曾寫信來認錯賠罪，請你寬恕他嗎？他向來不肯服罪，這是他第一次做這種事情；爲什麼不就此丟開不提呢？

爵爺　你肯做我兒子做的事嗎？

斐　現在最主要的一點是，他不會再犯了。

爵爺　你怎麼知道他不會再犯呢？

斐　即使不爲別的，爲了你自己告訴我的那樁事情——他們夫妻那場吵鬧。不管別的怎麼樣，那至少可以使他穩健。

爵爺　（踱來踱去。）可憐我那雅爾瑪呀！我的幸福同和平都沒有了！

斐　世上儘有比幸福同和平再高的事情。你的幸福一向只是一種幻象。我要老實說：這件事情同還有許多別的事情，你都是站在空的基礎上頭。爵爺，你一向不但眼光近，並且瞧不起人。

爵爺　（立定。）我？

斐　不錯，你！　你一向拿着自己的門閥家聲驕人；但是那些東西可曾經過試驗？你敢保他們一定靠得住嗎？

爵爺　先生，你可以省了。你當我經過了這

些日子的事情還不曾學着乖嗎！

我　我想你是學着的旣然如此，多拿些度量同眼光出來證明一下子。你責備你兒子；但是你從前是怎麼敎導他的？　你只顧了發展他的才能，却忘了培植他的人格。你天天把些愛惜家聲的話講給他聽，却不曾指導他，陶冶他，把名譽心養成一種禁止不住的本性。

爵爺　你這樣想嗎？

我　我不但這樣想，並且知道。但是這裏好在都是一樣；大家只顧學問，不顧生活。你看結果怎麼樣？　無數的有天才的人至多都不過是個半成熟；他們的思想情感是一件事，習慣行事是完全另外一件事。只消看史坦恩斯郭——

爵爺　哦，不錯，史坦恩斯郭！　你看他怎麼樣？

我　他是個七排八湊的東西。我們做小孩子的時候就認識。他父親是個不成材的廢物，開着一個小小的魚舖，兼做一點押當的事情，或者不如說是他老婆在那裏做他老婆的脾氣壞得很，可以算得是個世上最不守婦道的女人了。她鬧得她丈夫變成了一個法律上宣告無能的人她一絲心肝都沒有・史坦恩斯郭小時候就是在這種家庭裏過去的・後來他進了小學校・他母親說，『我要教他進大學，將來做一個漂亮的律師・』家裏這樣卑陋，到學校裏一受激刺；精神，氣質，意志，才幹，各自走各自的路——結果不是人格分裂是什麼？

爵爺　不是是什麼，唔？我要聽聽什麼東西才合你的意・現在史坦恩斯郭同我兒子都沒有什麼盼望了；但是盼望你——我想——盼望你——？

費　不錯，盼望我；你盼望着我就是・哦，你不必笑，我並不是在這裏自己誇口；但是我的處境是一個可以產生性格的均衡同堅定的・我是在一個中等人家恬靜，和諧的生活裏長大的・我母親是個女子最好的模範；我們家裏的人都沒有非分的希冀，無益的妄求；并且亦沒有死亡的悲情使我們追想傷感・我們從小就懂得愛美，不僅把他當作一樁隨意的欣賞，並且形成了我們的人生觀・我們小時候就不許做過度的悲情，無論理智方面或是情感方面的——

爵爺　噯呀！　就爲這樣所以你是個完全的人？

費　我決不是這樣想・我不過說造物待我

很厚，我把他的恩惠當作責任看．

爵爺 很好；但是如果史坦恩斯郭沒有這種責任，他豈不更難得——

裴 什麽？ 他難得什麽？

爵爺 你把他看錯了，我的好醫生！ 請看這裏． 你有什麽說的？

裴 你兒子的借據？

爵爺 正是；他送還我的．

裴 出於他自願嗎？

爵爺 出於他自願，並且沒有條件． 眞好，眞可敬． 所以從今天起我這裏許他隨便來．

裴 你要再仔細想想；替你自己着想，替你女兒着想——

爵爺 哦，你不要管我！ 他比你強的地方多得很． 無論如何他還直爽，你的舉動卻總是鬼鬼祟祟的．

裴 我？

爵爺 不錯，正是你！ 你自己算是這裏的主人翁；你來去自由，樣樣事情我都同你商量——然而——

裴 唔？——然而？

爵爺 然而你卻狡詐得很；不錯，並且有些——

——有些大模大樣的地方實在使我難堪．

毀　請你把理由說出來！

爵爺　我？　應該是你把理由說出來．但是你自己做的事情只得自己去承當．

我　我們彼此沒有了解，爵爺．我雖然沒有什麼借據可以交還你，但是焉知道我不是亦許在這裏爲你做一種更大的犧牲嗎？

爵爺　當眞！　怎麼樣犧牲？

毀　替你守秘密．

爵爺　替我守祕密，當眞！　要不要我告訴你人家來引誘我去做什麼？　人家要我丟開身分，宣誓，加入少年黨．醫生，你是位頑固拘執的先生，在我們現在這種自由社會裏不時興了．你看史坦恩斯郭，他不是這樣；所以我許他隨便到這裏來；我許他——
——我許他——　哦，何必煩惱呢？　你既然做了出來，你一定要承當；就像你鋪了床一定要睡覺一樣．

冷　（從後邊進來．）恭喜恭喜，爵爺！　但願你永遠受人家的尊敬同——

爵爺　哼，恐怕是倒霉！　冷特斯丹，那都是騙人的頑意兒．這世界上除了騙人的頑意兒沒有別的東西．

冷　孟森先生的債主就都在那裏這樣說．

爵爺　啊，提起孟森——那樁事情你覺得突

如其來嗎？

冷　哦，你亦不止料過一次了，爵爺．

爵爺　唔唔；不錯，我料過的．前天我還料呢；他到這裏來求我——

婁　求你救他？

冷　做不到的事情；他在泥裏跌得太深了；現在是怎麼樣就是最好的辦法．

爵爺　這是你的意見？那麼，昨天你選舉失敗亦是最好的辦法嗎？

冷　我何嘗失敗；事事都是照着我的意思做的．史坦恩斯郭那個人犯不上得罪他；別人做不到的事情他都做到了．

爵爺　我不大明白你這句話．

冷　他有鼓動大家的能力．并且他占便宜的是不受人格信仰，或是身分的牽制；所以自由主義在他是世上最容易做的事情．

爵爺　什麼，我們難道不都是自由黨嗎？

婁　我們當然都是，爵爺；那是沒有疑問的．但是有這樣一點分別，我們的自由主義只限於自己方面，史坦恩斯郭的却推廣到別人身上去了．新鮮的地方就在這裏．

爵爺　你信了這些荒謬的思想嗎？

冷　從前我在舊小說裏頭看見有一等會召鬼，但是不會退鬼的人．

爵爺　噯呀，冷特斯丹，怎麼像你這樣一個明白人會——？

冷　我亦知道不過是迷信，爵爺；但是新思想就像這些鬼很不容易趕退他們；最妥當的辦法是盡力同他們講和．

爵爺　現在孟森既然倒了，不用說他手入一班搗亂的人——

冷　如果孟森早兩三天倒，情形就大不同了．

爵爺　不錯，不巧得很．你太性急了．

冷　這都是爲你，爵爺．

爵爺　爲我？

冷　我們一定要保全我們一黨的名譽．我們代表年代久遠的斯堪的奈維亞的名譽觀念．如果我撇下史坦恩斯郭，你要知道他手裏拿着一張東西——

爵爺　現在沒有了．

冷　什麼？

爵爺　在這裏．

冷　他交還你了？

爵爺　是的．就私人方面說，他是個上等人；這句話我一定要說他了．

冷　（沈思．）史坦恩斯郭先生具有出衆的才幹．

史　（站在後邊門口．）我可以進來嗎？

爵爺　（迎上前去。）　歡迎得很。

史　你要我替你道喜嗎？

爵爺　十分感謝。

史　那麼我極誠心地替你道喜！　你千萬不要記着我寫的那些無聊的話——

爵爺　我這人專論事實，不論空話。

史　上帝保佑你！

爵爺　從今以後——既然你願意——你在我這裏只管不要客氣。

史　我使得嗎？　我使得嗎？　（有人敲門。）

爵爺　進來。

（幾個地方上的領袖人物，市議員，還有許多別人一齊走了進來。　爵爺走過去迎接他們，大家替他道喜，然後隨意談話。）

陶　（其時已經從左邊第二個門裏進來。）史坦恩斯郭先生，我謝謝你。

史　你，勃拉次保姑娘！

陶　我父親告訴我你那番舉動好生可敬。

史　但是——？

陶　哦，我們從前看錯了你！

史　你可曾——？

陶　那是你自己不好——　不，不，是我們不好．哦，只消能贖罪補過，我什麽不肯做！

史　你肯嗎？　你自己？　你眞肯——？

陶　我們都肯，只消我們知道——

爵爺　孩子，替大家弄些茶點出來．

陶　在那裏來了．（她轉身向門走去，不多一回兒從那邊出來了一個用人拿着餅乾和酒，分送給大家．）

史　哦，我的冷特斯丹！　我覺得好像是個得勝的天神一樣．

冷　我想大概你昨天一定亦是這樣．

史　呸！　情形大不相同；這是最後的勝利；成功的極點！　我的生命上頭堆着許多光燦彩色．

冷　啞謎；戀愛的迷夢！

史　不是夢！　事實，光明燦爛的事實！

冷　莫非她兄弟柏斯勞已經有回信給你了？

史　柏斯勞？

冷　是的，昨天他在我面前露了一點口風，他說他答應替你在一位姑娘面前說好話．

史　哦，簡直胡鬧——

冷　爲什麽要瞞人呢？　如果你自己還沒有知道，我可以把消息告訴你．你的事已經成了，史坦恩斯郭先生；我聽見汝代爾說

的・

史　你聽見淩代爾說的什麼？

冷　孟森姑娘已經答應了・

史　什麼？

冷　我說她已經答應了・

史　答應了！　她父親却跑了！

冷　但是他女兒沒有跑啊・

史　答應了！　正在她家這樣亂烘烘的當口！　好不識羞！　稍微懂得些情義的男子看着好不難受！　但是這椿非情完全是一種誤會・　我並沒有打發柏斯緇！——那畜生怎麼會——？然而好在不與我相干；他自己鬧的讓他自己去當・

赫　（從後邊進來・）　嘻嘻！　眞是濟濟一堂！　當然的，當然的！　我們都是來拜望求貴人原諒的，像一句古話裏說的一樣，我亦要——

爵爺　多謝多謝，老朋友！

赫　哦，我反對！　這未免太屈尊了・（新的客人陸續到來・）　啊，執法官來了——執行的人——　我不多說了・（走到史坦恩斯郭旁邊・）　啊，我的運氣好的少年，你在這裏嗎？　喂，讓老頭子來替你眞心道喜・

史　道什麼喜？

赫　不是昨天你叫我在她面前說你幾句壞話——你要知道——

史　不錯，不錯；怎麼樣了？

赫　我能替你盡力，心裏眞是說不出的快活——

史　後來怎麼樣？　她是什麼態度？

赫　那還用說，像一個多情女子的態度．大哭起來；躱到自己屋子裏去；亦不答話，亦不出來．

史　啊，慚愧！

赫　用這些狠毒的方法去試驗一個寡婦的心，眼睜睜地瞧着她心裏難過眞是殘忍極了！　但是愛情的眼睛同貓的一樣尖利——我不多說了！　因爲今天早晨我經過她那裏的時候，我看見她靠窗站着，又活潑，又高興，在那裏梳頭．我說了你不要見怪，她好像一條美人魚．哦，她眞是個出色的女子！

史　底下怎麼樣？

赫　她好像着了迷似的笑着，拿着一封信在空中亂搖，嘴裏嚷道，「一封求婚書，赫利先生！　我訂婚了．」

史　什麼！　訂婚了？

赫　非喜非喜，我眞是說不出的快活替你做頭報的人——

史　都是瞎鬧！眞是胡說！

赫　什麼胡說？

史　你誤會了她的意思，再不就是她誤會了你的意思——訂婚了！什麼話！孟森既然倒了，恐怕她——

赫　不會，不會！倫鐸爾門夫人的脚步站得很穩．

史　好在那個於我不相干．我心裏自有別的主見．至於那封信的事情不過是頑着玩的——賭的一個東道，我從前告訴過你了．赫利先生，請你在無論是誰的面前都一個字亦不要提這樁胡鬧的事情．

赫　我懂得；這事要守祕密；這事要做成一段豔史．啊，少年，少年！沒有詩意的事情都不算數．

史　不錯，不錯；記着一句話：不要作聲．你決不會後悔——將來我對你弄那些官司——

——住嘴，我信託你．（出去．）

爵爺　（這些時候都在那裏同冷特斯丹談話．）不，冷特斯丹——「那個」我決不能信！

冷　眞的，爵爺——赫利丹尼爾親口這樣對

我說的．

赫　我對你說的什麽，我可以打聽打聽嗎？

爵爺　昨天史坦恩斯郭給你看過一張借據嗎？

赫　哦，不錯——那究竟是怎麽一回事？

爵爺　將來我再告訴你．你對他說——

冷　你對他說是假的嗎？

赫　呸，那不過是在他趾高氣揚的時候掃掃他的興的一句頑話能了．

冷　你對他說兩個簽名都是假的？

赫　哦，不錯；爲什麽我不說兩個都是呢？

爵爺　原來如此！

冷　（向爵爺．）他聽見了那句話——

爵爺　他就把那張借據給淺代爾了！

冷　一張不能用作把柄的借據！

爵爺　他假裝大度！又騙了我一次！哦，那到我家裏來，敎我歡迎他，感謝他！哦，那個——那個——那個東西！

赫　什麽事，什麽事？

爵爺　過些時候我再告訴你．（把冷特斯丹拉到旁邊．）這就是你保護，推薦，幇助的人！

冷　他亦被他瞞過的啊！

爵爺　哦，我很不能——！

冷　（指史坦恩斯郭，其時他正在那裏同陶拉談話。）　你看！　傍人不知要猜想什麼呢？

爵爺　我不久就要不讓人家胡亂猜想了。

冷　太遲了，爵爺；他會變盡方法鑽進來的。

爵爺　我亦會用計策，冷特斯丹先生。

冷　你怎麼辦？

爵爺　你瞧着就是。（走近費爾博。）費爾博爵生，你肯替做一點事嗎？

費　情願效勞。

爵爺　既然如此，把那個東西趕出去。

費　史坦恩斯郭？

爵爺　不錯，正是那投機家；我連他的名字都恨；把他趕出去！

費　但是我怎麼能夠呢？

爵爺　那就在你了；我許你自由行事。

費　自由行事！　眞的嗎？　完全自由？

爵爺　是，是，當然的。

費　你這話算數了，爵爺！

爵爺　算數。

費　既然如此，很好；現在不動手更待何時！（高聲。）　能不能請在座諸君聽我說幾句話？

爵爺　大家都恭賀阿博醫生——

投　得了勃拉次保爵爺的同意，我宣布我同他令嬡訂婚的事情．（大家一陣驚異．陶拉低低地叫了一聲．　爵爺剛要想說話，但是又縮住了．高聲談話同道喜的聲音．）

史　「你的」訂婚——你的——

赫　同爵爺的——？同你的——？這是怎麼一回事？

冷　莫非醫生瘋了不成？

史　但是，爵爺——？

爵爺　教我有什麼法子？我是個自由黨．我加入少年黨——

投　多謝多謝——請你原諒我？

爵爺　結黨是如今的風氣，史坦恩斯郛．再沒有比自由競爭好的事情了——

陶　哦，我的好父親——

冷　不錯，訂婚亦是如今的風氣；我還有一樁要宣布．

史　胡造謠言——

冷　不，一點都不是謠言；孟森姑娘定了——

史　假的，假的——

陶　不，父親，是眞的；他們兩個都在這裏．

爵爺　誰？在什麼地方？

陶　瑞娜同海爾先生．他們都在裏邊．

冷　海爾先生！那麼，原來是他——
（向右邊第二個門走去．）

爵爺　在這裏？在我家裏？（向門走去．）出來年輕的人．

瑞　（很害羞地走走又縮了回去．）哦，不，不；外頭有這許多人．

爵爺　不要害羞；從前的事情你做不動主．

海　她現在沒有家了，爵爺．

瑞　哦，你一定要幇幇我們！

爵爺　我一定幇你們；并且謝謝你們給我這個機會！

赫　眞可以說訂婚是如今的風氣．我亦有一樁要添上去．

爵爺　什麼？你？你？你這樣年紀？——你太胡鬧了！

赫　哦——我不多說了！

冷　事情完了，史坦恩斯郭先生．

史　當眞？（高聲．）「我」亦有一樁要添上去，赫利先生！諸位，聽我宣布，我亦把終身大事定下了．

爵爺　什麼？

史　有時候一個人做事不得不騎兩頭馬，把自己的眞情藏起來．在公衆幸福的利害關頭，我以爲這種手段是可以用的．我的終身事業清清楚楚地在我眼前擺着，幷且是我最寶愛的東西．我要把全副精神都報効在這地方上；我覺得醞釀着許多思想，這些思想我一定要想法子把他們整理清楚．但是這番事業不是專靠着一個投機的人可以做得成的．地方上的人一定要擁戴一個他們自己的人．因此我決意用一種情愛的關係把我的利害同你們的永遠合併在一起．如果我是癡心妄想，我一定要請你們原諒．我亦訂婚了．

爵爺　你？

——？

我　訂婚了？

赫　我可以做見證．

爵爺　但是怎麼——？

我　訂婚了？　是誰？

冷　不會是——？

史　這是一個感情同見解兩方面的結合．諸位同胞，我同倫鐸爾門夫人訂婚了．

我　倫鐸爾門夫人！

爵爺　那個開店的寡婦！

冷　哼．一點不錯！

爵爺　我的頭在這裏昏了！　你怎麼會——

——？

史　這是計策勃拉次保先生！

冷　他眞有出衆的才幹！

阿　（在後邊門口張望・）我很對不起——

爵爺　哦，哦，進來阿斯拉克孫！　你來道喜的？

阿　哦，決不是的；我不願意胡亂——　但是我有極重要的事情要告訴史坦恩斯郭先生・

史　等一回兒你到外頭去等着・

阿　不，不行，我一定要告訴你——

史　少說話！　你這樣好不冒昧！　不錯，諸位先生，世上的事眞是千奇百怪・地方上同我需要一種把我們緊緊地團結起來的關係；我找着了一位品性完備可以替我建設家庭的女子・我已經把投機家的身分丟掉，現在站在你們堆裏做你們中間的一個人了・收容我；你們委託我做什麼事情我一定忠心去做・

冷　你已經成功了・

爵爺　實在我要說——（向那從後邊進來的用人道・）什麼事？　你在那裏嘻嘻哈哈地笑些什麼？

女僕　倫鐸爾門夫人——

衆人　倫鐸爾門夫人？

爵爺　她怎麼樣？

女僕　倫鐸爾門夫人同她的年輕男人在外頭等着呢——

衆人　（互相說道。）年輕男人？倫鐸爾門夫人！這是怎麼一回事？

史　眞是胡鬧！

阿　是的，剛才我正要告訴你——

爵爺　（在門口。）進來，進來！（柏斯翠挽着倫鐸爾門夫人從後邊進來。大家一陣亂動。）

倫　我不冒昧嗎——

爵爺　決不，決不，決不。

倫　但是我忍不住不把我的年輕男人帶來給你同勃拉次保姑娘看看。

爵爺　不錯，我聽說你訂婚了；但是——

陶　我們沒有知道——

史　（向阿斯拉克孫。）這是怎麼一回事？

阿　昨天我腦子裏事情多得很——許多要想的東西——

史　但是我把我的信給她了，并且——

阿　不，你把柏斯翠的給她了；你的在這裏。

史　柏斯翠的？這是——？（瞧了一眼封面上的字，把信一搓，塞在衣袋裏。）哦，你這該死的糊塗東西！

倫　當然我答應的．你要知道，男人再會說人；但是到了他在紙上明明白白地寫着他是居心端正的時候——　哦，那不是史坦恩斯郭先生嗎！　史坦恩斯郭先生，你不替我道喜嗎？

赫　（向冷特斯丹：）你看倫鐸爾門夫人對他那種嗻法！

爵爺　他當然要的，倫鐸爾門夫人；但是你不亦該替你將來小姑道喜嗎？

倫　你說的是誰！

陶　瑞娜；她亦訂婚了。

柏　是嗎，瑞娜？

倫　眞有這事？　不錯，柏斯樂說過有一個人在那裏求婚．我替你們兩位都道喜現在是一家人了，史坦恩斯郭先生．

費　不，不是他．

爵爺　不是他，是海爾先生；眞是妙選．說起來你亦該替我女兒道喜．

倫　勃拉次保姑娘！　啊，冷特斯丹說的到底不錯．我恭喜你，陶拉；還有你，史坦恩斯郭先生．

費　你是指費爾博醫生？

倫　什麼？

費　我是那快活的人．

倫　現在我眞一點頭腦都摸不着了．

爵爺　我們亦剛摸着頭腦．

史　對不起，我還有一個約會——

爵爺　（悄悄地．）冷特斯丹，那一個名字是什麽？

冷　什麽那一個？

爵爺　不是投機家，是那一個——？

冷　陰謀家．

史　我告辭了．

爵爺　有句話——只有一句，史坦恩斯郭先生——一句長在我嘴邊的話．

史　（在門口．）對不起；我匆忙得很．

爵爺　（追着他．）陰謀家．

史　再見，再見！（從後邊出去．）

爵爺　（又走上前來．）現在的空氣又乾淨了，我的朋友們．

柏　你不爲我家裏鬧的事情埋怨我罷？

爵爺　各人應該擔當他自己的責任．

柏　那裏頭實在沒有我的分兒．

龔　（逗半天都在右邊第二個門口胸．）父親！現在你快活了；現在許他進來嗎？

爵爺　龔爾嗎？你？你替他辯護？

龔　哦，前兩天剛鬧過那椿事情——前兩天是很長久的時候了．現在沒有事了．現在我才知道他會做錯事情——

爵爺　你喜歡他這樣嗎？

賽　不錯，他「會」；但是以後我不許他這樣了．

爵爺　既然如此，帶他進來．

（賽爾瑪又向右邊出去．）

凌　（從右邊最前的門裏進來．）你的辭呈來了．

爵爺　發心發心；但是你不妨把他撕掉．

凌　把他撕掉？

爵爺　是的，凌代附；我想出一個別的方法來了．我不必辭職就可以贖罪；熱心做事——

伊　（同着賽爾瑪從右邊進來．）你肯饒恕我嗎？

爵爺　（把借據遞給他．）我厲害不過命運去．

伊　父親！從今天起我不幹這你深恨的事業了．

爵爺　不必；你不要放手不要膽怯！不要躲避引誘！我來幫助你！（高聲．）諸位先生，有椿事情！我同我兒子合夥做買賣了．

幾個客人　什麼？你，爵爺？

滂　你，當眞？

爵爺　是的；這是一樁有用并且正當的職業；或者至少可以把他做到這地步．現在我不該再遲疑了．

冷　我告訴你，爵爺——旣然你預備去替地方上盡力像我這樣一個老兵如果反躲在篷帳裏不肯出去那豈不是丟臉嗎！

伊　啊，這話怎麼講？

冷　這樣子我實在不能．史坦恩斯郭先生經過了今天這幾番戀愛的失望，我們斷不容再把他逼進政界去受磨折了．他一定要休息休息好恢復精神；他正該到外頭去遊歷遊歷才是；這一層我一定替他想法子去做到．所以如果我的投票人要我回來，我可以答應他們．

幾個客人　（很高興地同他握手．）多謝多謝，冷特斯丹！這才是好朋友呢！你不要翻悔？

爵爺　這本該如此；現在事情都漸漸地平定下來了．但是這些究竟都是誰的功勞？

發　喂，阿斯拉克孫，你可以詳詳細細地——？

阿　（害怕．）我，醫生？　我同沒有生下地的小孩子一樣地沒有錯處！

|裴　但是那麽那封信——！

|阿　那不與我相干！　那是選舉，柏斯磐機會，命運，倫鐸爾門夫人的酒——酒裏却沒有檸檬——還有我負着報紙的責任——

爵爺　（湊近。）　什麽？　你說什麽？

|阿　我說的是報紙！

爵爺　報紙！　不錯不錯！　我平日不是常說現在報紙的勢力大得很嗎？

|阿　哦，爵爺——！

爵爺　不要假客氣了，阿斯拉克孫先生！　從前我向來不看你的報，以後我要看了。我定十份。

|阿　哦，你要二十份都行，爵爺！

爵爺　那麽，也好，我就定二十份。　如果你要用錢，你只管來找我；我願意幫助這報；但是我要直捷了當地告訴你——我却不做文章。

|凌　我聽見的什麽？　你的女兒訂婚了？

爵爺　是的；你看怎麽樣？

|凌　我很高興！　但是在什麽時候定下的？

|裴　（急忙地。）　以後我再告訴你——

爵爺　唔，五月十七定的啊。

|裴　什麽？

爵爺　小瑞娜姑娘在這裏的那一天．

陶　父親，父親；原來你知道——？

爵爺　是的，我的寶貝；我一向知道．

斐　哦，爵爺——？

陶　誰會——？

爵爺　下次我要勸你們這些年輕女子遇見我在那裏靠着窗打磕睡的時候說話不要那樣高聲．

陶　哦！　原來你在那裏偷聽我們？

斐　現在我明白了！

爵爺　你是個有話藏着不肯說的人——

斐　我早說了可有什麼好處？

爵爺　你沒有錯，斐爾博．這些日子我學了些乖．

陶　（低聲向斐爾博．）　不錯，你眞「能」有話藏着不說．史坦恩斯郭先生這些事情——爲什麼從前你對我一個字亦不提？

斐　爲在鴿子窩上頭打閙子的時候，我們只消把小鴿子看護好，但是不必去驚嚇她．

（他們的話頭被倫鐸爾門夫人打斷．）

赫　（向爵爺．）　爵爺，我們那些法律上的小糾葛只得無定期地延宕下去了．

爵爺　當眞！　爲什麼？

赫　你要知道我已經就了阿斯拉克孫的報

的社會裏的編輯人了．

爵爺　很好很好！

赫　不用說得你亦明白——手裏有了這許多事情——

爵爺　好，好，我的老朋友；我等着就是．

倫　（向陶拉．）我告訴你，他害我賠了不曉得多少次眼淚，那個壞東西！　但是現在我爲怕斯簦謝謝上帝．那一個像海水的沫似的禁不住；并且他的煙癮大得可怕，勃拉次保姑娘，他吃東西又挑剔得厲害．我覺得他简直是個貪嘴貨．

女僕　（從左邊進來．）　飯開好了．

爵爺　來罷，你們都來．冷特斯丹先生，你跟着我坐；還有你，阿斯拉克孫先生．

凌　啊，飯後我們有許多喜酒喝呢．

赫　是的，你們或者亦許我老頭子替『不在座的朋友們』要求一杯喜酒．

冷　一個不在座的朋友將來要回來的，赫利先生．

赫　史坦恩斯郭先生？

冷　是的，你們諸位瞧着就是！　再過十年或是十五年的工夫，史坦恩斯郭一定不是國會議員就是內閣閣員——亦許同時都是．

費　十年或是十五年的工夫？　是的；但是到那時候他不見得能做少年黨的領袖了．

赫　為什麼不能了？

費　因為到那時候他的少年就要——靠不住了．

赫　那麼，他可以做『靠不住黨』的領袖啊．

費　這是冷特斯丹那句話的意思．他學了拿破崙的口氣說道——『靠不住的人纔能做政客』；嘻嘻！

費　說了半天，「我們」的黨無論在年輕的時候或是靠不住的時候一樣地要使他存在；并且繼續是少年黨．當初史坦恩斯郭創辦他的黨，大家鼓着獨立節的興致把他擡起來的時候，他說——「天心向着我們少年黨呢．」　我想就是海爾先生，雖然他是個神學家，一定亦許我們把那句話應用在我們自己身上的．

爵爺　我亦是這樣想；因為我們這一向就是在黑暗中間瞎摸亂撞，但是神明却在那裏暗暗地引導我們．

冷　哦，說到這上頭，我想神明不過在那裏做中間人罷了．

阿　不錯；這是本地情形的結果，冷特斯丹先生

大匠

劇中人

索爾奈斯(姓)哈爾佛特(名)(建築師。)

索爾奈斯(姓)愛林(名)(建築師之妻。)

赫台爾醫生。

勃羅微克(姓)納脫(名)(從前是個建築家，現爲索爾奈斯雇用。)

勃羅微克(姓)瑞格那(名)(他的兒子，打圖樣的人。)

福斯利(姓)凱雅(名)(他的姪女司帳員。)

溫蓋爾(姓)希爾達(名)姑娘。

幾位女客。

一羣在街上的人。

(劇中事實發生在索爾奈斯家裏及其附近。)

第一幕

(索爾奈斯哈爾佛特家裏的一間裝飾簡單的工作室。左邊幾扇通外廳的摺門。右邊一扇通內室的門。後邊一扇通打樣室的開着的門。前邊靠左一隻書桌，上邊堆着書籍紙張同寫字的東西，比摺門更往後去，一個火爐。在屋子右角裏，一隻沙發，一隻桌子同一兩隻椅子．桌子上一個水瓶同玻璃杯．前邊靠右，一隻小些的桌子，一隻搖椅同一隻圓椅．打樣室裏角裏的桌子上同書桌上都點着有罩的燈．）

（勃羅維克父子坐在打樣室裏打樣計算．福斯利凱雅站在外間書桌前謄帳．勃羅維克是個鬚髮皆白的瘦老頭子，身上穿着一件破舊而整潔的黑外套，戴着眼鏡，圍着一條有些褪色的白領巾．他的兒子衣服齊整，頭髮稀少，年紀三十多歲，背略有些彎．凱雅身材瘦小，形態嬌弱，服飾修潔，年紀剛過二十．額上帶着一個綠色眼罩．三個人都一聲不響地做了半天事．）

勃　（好像很痛苦似的突然間站了起來；走到門口去的時候呼吸遲重費力．）不行，我再受不住了——

凱　（走上前去．）伯伯，今天晚上成覺得很不舒服，是不是？

勃　噯，我覺像一天不如一天了．

瑞　（站起來走過來．）父親，你應該回家去了．想法子睡一回兒——

勃　（不耐煩．）叫我睡覺，是不是？你想

簡直把我悶死嗎？

凱　既然如此，出去散散步罷．

瑞　正是，我陪你一塊兒去．

勃　（氣憤憤地．）他不來我決不走！今天晚上我打定主意要把這件事情同——（一種含很忍怨的聲調）——同他——同那頭兒說個明白．

凱　（着急．）哦，使不得，伯伯，——千萬等些時候再說！

瑞　不錯，等等，安當父親！

勃　（很費力地吸氣．）哈——哈——！「我」沒有這許多時候來等了．

凱　（跑．）住嘴！我聽見他在樓梯上了．

（三個人各自歸座做事．半晌沒有聲音．）

（索爾奈斯哈爾佛特從廳門裏進來．他年紀並不輕了，然而身體很強健，頭上剪得很短的捲髮，黑鬍黑濃眉毛．身上穿着一件淺灰綠的扣好的短外套，高領同寬的往外折着的衣襟．頭上戴一頂灰色軟氈帽，胳巴底下夾着一兩個輕紙夾．）

索　（挨近門，用手指着打樣室，低低地問道．）他們走了沒有？

凱　（搖頭，低聲回答．）沒有．（把眼罩摘下來・索爾奈斯走過去把帽子扔在一隻椅子上，把紙夾放在靠近沙發的桌子上，然後重新走近畫桌來・凱雅仍舊不停筆地寫，但是好像很心慌意亂・)

索　(高聲・) 你在那裏記的是什麼帳，福斯利姑娘？

凱　(一跳・) 哦，不過是些——

索　讓我看看，福斯利姑娘・(彎身下去，假裝在那裏看帳簿，悄悄地喚道・) 凱雅！

凱　(低低地仍舊寫着・) 做什麼？

索　爲什麼我一來你總要把眼罩摘下來？

凱　帶着怪難看的・

索　(帶笑・) 如此說來你不願意教人看着難看，凱雅？

凱　(擡了半個眼皮瞧着他・) 無論如何不願意・不願意教你看着難看・

索　(輕輕地撫摩她的頭髮・) 怪可憐的小凱雅——

凱　(低着頭・) 低些——他們聽得見你！

(索爾奈斯踱到右邊，轉身在打樣室門口站住・)

索　有人來找過我嗎？

瑞　(站起來・) 有那一對想在呂武斯吞造兆子的少年夫婦・

索　（恨聲。）哦，那兩個！　他們一定要等着才行。我還沒有十分弄清楚那些圖樣呢。

瑞　（走近，有些躊躇。）他們恨不能馬上就要呢。

索　那還用說——人人都是這樣子。

勃　（搖頭。）他們說他們急於盼着住自己的房子。

索　是的，是的——我們都知道！　所以他們情願什麼都要了。他們有一個——一個遮頂的地方——一個住址——但是算不得有一個家。謝謝，我辦不到！　如果那樣的話，讓他們祇管請教別人去。下次他們再來的時候，就這樣對他們說。

勃　（把眼鏡推到額上，很詫異地瞧着他。）請教別人去？　你預備不要做那注買賣了嗎？

索　（不耐煩。）是，是，是，鬼要他！　如果要那樣的話——寧可這樣，與其胡亂去造。（稍激。）況且我至今還不大曉得這兩個人的底細。

勃　這兩個人很靠得住。瑞格那認識他們。他是他們家的朋友。十分靠得住的人。

索　哦，靠得住——十分靠得住！　我完全

不是這樣意思．噯呀——難道你亦不知道我的心嗎？（生氣．）我不願意理這些不相干的人．他們愛找誰去就找誰去，都不與我相干．

勃 （站起來．）你這話可是當眞？

索 （一肚子不高興．）是當眞．——至少這一次．（走上前來．）

（勃羅徹克父子對丟了一個眼色，瑞格那做出一種警告的態度．隨後勃羅徹克走進外間屋子．）

勃 我可以同你略說幾句話嗎？

索 當然可以．

勃 （向凱雅．）你暫時進去一回兒，凱雅．

凱 （跼促不安．）哦，但是伯伯——

勃 照我的話做，孩子．你進去把門帶上．

（凱雅勉強地走進打樣室，很放心不下地叮囑了索爾奈斯一眼，把門關好．）

勃 （把聲音放低了一點．）我不願意讓那可憐的孩子們知道我病到了什麼地步．

索 不錯，近來你的神氣很不好看．

勃 我不久就要完了．我的精神在這裏一天一天地衰敗下去．

索 你不坐下嗎？

勃 謝謝你，使得嗎？

索　（把圍椅放得更便利些．）這裏——坐這隻椅子．——現在怎麼樣？

勒　（很費事地坐下．）你要知道，是爲瑞格那的事情．那是我最放不下的一樁心事．他將來怎麼樣？

索　不消說得，祇要你兒子願意，他總可以在我這裏．

勒　但是那正是他不願意的事情．他覺得不能再在這裏做下去了．

索　我看他在這裏出息很不壞啊．但是如果他還嫌錢不够，我決不——

勒　不，不，不爲那個．（不耐煩．）但是他早晚總應該有一個替自己做事的機會．

索　（眼睛不瞧他．）你看瑞格那的才幹够不够獨立做事呢？

勒　不够，這正是最傷心的地方——我近來漸漸地在這裏疑惑那孩子，因爲你從來連——連一句奬勵他的話都沒有說過．然而我還總覺得他一定有些才幹——他不會沒有才幹．

索　但是他沒有學到什麼——我意思是說沒有學透什麼．不用說除了畫圖．

勒　（懷恨瞧他，啞聲說道．）當初你在我手裏做事的時候，你亦沒有學到多少東西．

然而那並不妨礙你去做事——（很費力地呼吸。）——一步一步地爬上去——搶掉我的飯碗——不但我的，還有許多別人的。

索　不錯，你看——境遇幫我的忙。

勃　你這話很對。樣樣事情都幫你的忙。但是你怎麼忍心讓我這樣去死——沒有看見瑞格那能做什麼事情？不消說得我還急着要看他們成了親——在我沒有死之前。

索　（尖峭地。）是她要嗎？

勃　凱雅沒有瑞格那那樣利害——他天天提起這件事。（懇求。）你一定要——你一定要幫他弄些獨立的事情！我一定要看見一點那孩子做的事情。你聽見沒有？

索　（有怒色。）哼，該死，你要我到天上去替他弄買賣下來不成！

勃　眼前他就有一樁大買賣的機會。很大的一注工程。

索　（跼促不安吃驚，）是嗎？

勃　祇消你肯答應。

索　你說的是什麼工程？

勃　（帶些躊躇。）他可以弄到呂武斯存莊

子的工程．

索　嗄！　那個我自己要去造呢．

勃　哦，你不大高興去做他．

索　（大怒．）不高興！　我！　誰敢說這話？

勃　剛才你自己這樣說的．

索　哦，不要管我說的什麼．——他們肯把那莊子的工程給瑞格那辦嗎？

勃　肯．你要知道，他認識他們．所以——說亦笑話——他已經把圖樣，計算和種種的東西——

索　他們看了那些圖樣合意不合意？　那些將來一定要住在那屋子裏頭的人？

勃　合意．祇消你肯把他們看一遍，核准一下子——

索　這樣說起來，他們要瑞格那替他們造他們的家了？

勃　他們很滿意他的規畫．他們說那完全是自出心裁．

索　哦嗬！　自出心裁！　不是「我」一向弄的那套陳腐東西！

勃　他們覺得不同些．

索　（忍着氣．）所以他們是到這裏來看瑞格那的——趁我不在家的時候！

勒　他們是來看你的——同時打聽打聽你肯不肯告退——

索　(生氣。)告退？　我嗎？

勒　如果你以為瑞格那的圖樣——

索　我！　告退了讓你的兒子！

勒　他們意思是指退約。

索　哦，仍然還我一樣。(怒笑。)　就是這樣一件事，是不是？　索爾奈斯哈爾佛特現在應該準備告退！　騰出地位讓年輕些的人！　或者竟是讓那年紀最輕的人！　他一定要騰出地位來！　地位！　地位！

勒　噯呀，這是什麼話！　儘有不止容一個人的地位——

索　哦，沒有多少地位富餘。但是無論如何我決不告退！　我決不讓誰！　決不出於自願地做！　無論怎樣我決不肯做！

勒　(很費力地站起來。)　如此說來我就祇得這樣一點把握都沒有地去死了？　一絲樂趣都沒有？　對於瑞格那一點信任的心都沒有？　亦沒有看見他自己做過一樁事情？　難道就是這樣嗎？

索　(身子轉過一半去嘴裏咕嚷。)哼——現在不要再多問。

勒　我一定要你回答我問的這句話：我就是這樣赤手空拳地去死嗎？

索　（好像自己心裏在那裏交戰；最後用低而堅決的聲音說道。）　你應該盡着自己的力好好地去死。

勒　既然如此，就這樣罷。（向裏走。）

索　（跟着他半發狂似的。）　你不知道我做不動主嗎？　我就是我這樣子，我不能改變我的性質！

勒　不能，不能，我想你不能。（身子晃搖搖，在沙發桌子上。）　可以讓我喝杯水嗎？

索　可以可以。（斟滿一杯遞給他。）

勒　謝謝。（喝水，把杯子放下。）

（索爾奈斯走過去把打樣室的門開了。）

索　瑞格那——你一定要來把你父親送回家去。

（瑞格那趕快站起來。他同凱雅走進工作室。）

瑞　怎麼啦，父親？

勒　把你的胳巴遞給我。我們走罷。

瑞　很好。你不如亦把東西穿上，凱雅。

索　爾斯利姑娘不能走——略等一回兒。是還要她寫封信呢。

勒　（照着索爾奈斯．）明天見．祝頌你安睡——如果你睡得着的話．

索　明天見．

（勒羅徵克父子從廳門裏出去．凱雅走到書桌前．索爾奈斯站在右邊圓椅旁，過低着頭．）

凱　（狐疑．）有沒有信——？

索　（簡絕地．）沒有，當然沒有．（正色瞧着她．）凱雅——

凱　（着慌，低聲．）唔——

索　（很殷勤地指着地板上一塊地方．）到這裏來——就來——

凱　（猶豫不決．）是啦．

索　（依舊那樣子．）再近些——

凱　（服從．）你叫我幹什麼——

索　（瞧了她半晌．）這些事情是不是我都要謝謝你的？

凱　不，不，不要那樣想——

索　但是現在你自己直說能——你想嫁——

凱　（低聲．）瑞格那同我已經訂過婚四五年了，所以——

索　所以你想該把他結束了．這話對不對？

凱　瑞格那同伯伯都說我非嫁不可，所以我

想亦不容我不答應了·

索　（溫和了些·）凱雅，你亦眞有些把瑞格那放在心上嗎？

凱　從前我很把瑞格那放在心上——在我沒有到你這裏來之前·

索　但是現在你不了？　一點都不了？

凱　（情不自勝地捏着自己兩隻手，伸出來向着他·）　哦，你明知道現在我心上祇有一個人！　一個全世界祇有一個！　我永不再把別人放在心上了！

索　不錯你話是這樣說，然而你想離開我——丟下我一個人在這裏做所有的事情·

凱　但是難道我不能照常跟着你，卽使瑞格那——

索　（撇開那層意思·）不，不，那斷乎做不到·如果瑞格那離開了我替自己去做事的話，那時候不用說得他自己要用你的·

凱　（捧自己的手·）哦，我覺得好像不能同你分開似的！　那是萬萬做不到的！

索　旣然如此你千萬不要讓瑞格那那樣胡思亂想·你要怎麼嫁他就怎麼嫁他——（改了口氣）我意思是——不要讓他把在我這裏的好位置丟掉·因爲那樣我亦可以把你留着了，我的好凱雅·

凱　哦不錯，那多快活，如果祇要做得到的話——

索　（兩手抱着她的頭，低聲道•）因爲你要知道，我沒有你不行•我一天亦少不了你•

凱　（驚喜交加•）噯呀！　噯呀！

索　（親她的頭髮•）凱雅——凱雅！

凱　（倒在他面前•）你待我眞是說不出的好啊！

索　（急切的樣子•）起來！　趕快起來！我好像聽見有人來了！　（扶她起來•凱雅搖搖不定地晃到書桌前面•

（索爾奈斯夫人從右邊門裏進來•她神氣疲弱憔悴，好像飽經憂患的樣子，但是有許多地方表示從前的美麗•深黃色的小捲頭髮•衣服全是黑色，穿得很雅宜人•說話慢騰騰地，並且帶着一種淒切的聲音•）

索夫人　（在門口•）哈爾佛特！

索　（轉身•）哦你在那裏，我的親愛的——？

索夫人　（瞧了凱雅一眼•）我恐怕妨礙你們了•

索　一點都不•福斯利姑娘祇有一封短信要寫•

索夫人　是的，我知道．

索　你有什麽事找我，愛林？

索夫人　我不過來告訴你一聲赫台爾醫生在會客室裏．你不來看他嗎，哈爾佛特？

索　（疑疑惑惑地瞧着她．）唔——那醫生這樣着急要同我說話嗎？

索夫人　亦不一定是着急．他實在是來看我的；但是他想順便問候問候你．

索　（自己大笑起來．）不錯，是的．你一定要請他略等一等．

索夫人　那麽你立刻就來嗎？

索　亦許就來．立刻，立刻，親愛的．一回兒就來．

索夫人　（又瞧了凱雅一眼．）那麽，不要忘了，哈爾佛特．（出去隨手把門關好．）

凱　（低聲．）噯呀，噯呀——我知道索爾奈斯夫人一定有些不滿意我的地方！

索　哦，一點都沒有．無論如何不比尋常利害．但是究竟你現在還是走的好，凱雅．

凱　是，是，我現在一定要走了

索　（厲色．）記着替我把那件事了結了．聽見沒有？

凱　哦，如果那件事祇要由我——

索　我要把他了結，聽見沒有！並且限定

明天——一天都不許遲！

凱 (害怕。) 如果沒有什麼別的辦法，我很願意把婚約毀棄。

索 (發怒。) 把婚約毀棄。你瘋了不成？你想把他毀棄嗎？

凱 (精神錯亂。) 是的，如果必須的話。因為我一定要——我一定要在這裏同你在一塊兒！ 我不能離開你！ 那是完全——完全做不到的事情！

索 (突然發作。) 但是該死——那麼怎麼處置瑞格那呢！ 為了瑞格那，所以我——

——

凱 (瞪着兩隻眼睛瞧他。) 原來主要為的是瑞格那，所以——所以你——？

索 (定定神。) 不是，不是，當然不是！ 你亦不知道我。(和顏低聲。) 不消說得，我要留住的人是你——什麼都比不上你，凱雅。但是正為這樣，所以你一定亦不要讓瑞格那丟掉他的位置。好好地——現在回家去罷。

凱 是啦，是啦——既然如此，明天見。

索 明天見。(她正走的時候。) 哦，等一等——瑞格那的圖樣在那裏頭嗎？

凱 我沒有看見他帶回去。

索　既然如此你去替我找一找．我亦許要把他們翻一翻呢．

凱　(快活．)哦不錯，請你看一看能！

索　看在你的面上，好凱雅．現在請你立刻去替我拿來．

(凱雅急忙跑進打樣室，慌慌張張地在桌子抽屜裏翻了一陣，找着一個紙夾，拿了就走．)

凱　所有的圖樣都在這裏了．

索　很好．放在那邊桌子上．

凱　(放下紙夾．)那麽，明天見．(央求狀．)請你千萬好生看待我．

索　哦，我一向是好生看待你的．明天見，我的小親凱雅．(眼睛向右邊溜．)走，走！

(索爾奈斯夫人同赫台爾醫生從右邊門裏進來．他是個強健的中年以上的人，一張和愛可親剃得很乾淨的圓臉兒，頭髮稀薄，帶一副金絲眼鏡．)

索夫人　(仍在門口．)哈爾佛特，我再絆不住那醫生了．

索　既然如此，請他到這裏來罷．

索夫人　(凱雅正在那裏撚低書桌上的燈，索爾奈斯夫人問她道．)信寫完了沒有，福斯利姑娘？

凱　（慌亂·）信——？

索　寫完了很短的一封·

索夫人　一定是很短的·

索　現在你去罷，薾斯利姑娘·明天早晨請你早些來·

凱　我一定早來·明天見，索爾奈斯夫人·

（從廳門裏出去·）

索夫人　她一定很是你的一個幇手，哈爾佛特，這位薾斯利姑娘·

索　不錯，眞是·她有各種的用處·

索夫人　很像是的·

赫　她亦擅長簿記嗎？

索　唔——不消說得這兩年裏頭她得了許多經驗·並且她脾氣極好，人家無論教她做什麼她都肯做·

索夫人　不錯，那一定是很有趣的——

索　是的·尤其是在一個人沒有很習慣那種滋味的時候·

索夫人　（做帶抗爭的口氣·）你能說這種話嗎，哈爾佛特？

索　哦，不，不，我的親愛林；我請你恕罪·

索夫人　用不着的——那麼，醫生，你等一回兒再來同我們喝茶？

赫　我祗有那一個病人，看完了我就來·

索夫人　謝謝你．（從右邊門裏出去．）

索　你忙不忙，醫生？

赫　不，一點都不．

索　我可以同你稍微談幾句話嗎？

赫　好極啦．

索　那麼我們坐下談．（他招呼醫生坐那搖椅，自己坐了圓椅．帶着追究的神氣瞧着赫台爾．）告訴我——你可曾覺得愛林有什麼古怪的地方沒有？

赫　你是不是指剛才她在這裏的時候？

索　是，她對我的態度．你可曾覺得什麼沒有？

赫　（帶笑．）是的，老實說——別人不能不覺得你的夫人——唔——

索　怎麼樣？

赫　——你的夫人不是十分喜歡這位爾斯利姑娘．

索　單是這個嗎？這個我自己亦覺得的．

赫　老實說，我亦不以爲奇怪．

索　奇怪什麼？

赫　奇怪她不十分贊成你每天幾天地同另外一個女人在一塊兒．

索　不錯，不錯，我想你對的——還有愛林．但是又不能換人．

赫　你不能雇一個書記嗎？

索　胡亂抓一個人？　不行，謝謝你，這個我永遠辦不到。

赫　但是如果你的夫人——？　假使，像她這樣嬌弱的身體，這些事情她受不了呢？

索　卽使到了那時候——我差不多可以說——事情還是一樣。我一定要留着瑙斯利凱雅。沒有別人能够代替她。

赫　沒有別人？

索　（簡捷地。）沒有，沒有人。

赫　（把椅子移近些。）你聽我說，我的好索爾奈斯先生。我可以問你一句很密切的話嗎？

索　當然可以。

赫　世上的女子，你要曉得——在有些事情上頭，他們有一種異樣敏銳的感覺——

索　不錯，他們有。那是一點都沒有疑惑的。但是——？

赫　你告訴我——如果你的夫人容不下這位瑙利斯凱雅——？

索　怎麼樣呢？

赫　——她難道絲毫沒有——絲毫沒有理由爲這種天然嫌惡的心理嗎？

索　（瞧着他，站起來。）哦喔！

赫　不要生氣——但是她有沒有？

索　（簡捷了當地．）沒有？

赫　什麼理由都沒有？

索　除了牠自己天生的疑心病之外沒有別的理由．

赫　我知道你在年輕的時候認識過許多女人．

索　是的，我有過這事．

赫　並且還對於有幾個很是傾心．

索　哦，不錯，我亦不賴．

赫　但是關於廲斯利姑娘呢？　其中有沒有那種情形？

索　沒有，一點都沒有——在我這方面．

赫　但是在她那方面呢？

索　醫生，我想你似乎不該問這句話．

赫　你要曉得，我們剛才正在這裏研究你夫人的感覺．

索　是的．說到那上頭——（聲音放低）——你所說的愛林的感覺——那亦可以算沒有十分大錯．

赫　啊哈！　果然不錯！

索　（坐下．）赫台爾醫生——我來告訴你一樁新鮮事情，假使你愛聽的話．

赫　我愛聽新鮮事情．

索　那麼很好·我想你還記得我把勃羅微克納脫同他的兒子收在我手下做事——在那老頭子的事情失敗以後·

赫　不錯，我知道·

索　他們都是聰明人，這兩個·他們各有各的才幹·但是那兒子忽然想起訂婚來了；不用說第二步是想結婚了——並且想自己做事·這些年輕人就是這樣·

赫　(大笑·)是的，他們都有想結婚的壞脾氣·

索　一點不錯·但是不用說得那個不宜於我的計畫；因為我自己要用瑞格那——還有那老頭子·他最長於計算承力同立體容積——還有那種種亂七八糟的東西·

赫　哦不錯，那實在是少不得的·

索　是的·但是瑞格那却絕對地一心想替自己做事·別的話他一概不聽·

赫　但是他仍然在你這裏啊·

索　是的，讓我來告訴你當初是怎麼一回事，有一天這個女孩子，嘉斯利凱雅，為了一件事情來看他們·她從前沒有到這裏來過·我一看見他們那種彼此顛倒的樣子，心裏就想：如果我能把那女孩子弄到這裏來做事，那麼瑞格那亦許就不走了·

赫　那個主意不壞．

索　是的，但是當時我心裏雖然這樣想，嘴裏一個字亦沒有提過．我不過站在那裏瞧着她——心裏不住地深盼我能把她留在這裏罷了．後來我同她略爲談了一談，很客氣地——隨便談了些事情她就走了．

赫　後來怎麼樣呢？

索　第二天晚上很晚的時候，勃羅微克父子已經回家了，她又到這裏來，舉動中間好像我同她有了什麼約似的．

赫　有了約？ 什麼約？

索　就是我先前心裏想的那樁事情．但是我卻並沒有提過一個字．

赫　那眞是奇極了．

索　不錯，可不是嗎！ 當時她就要我告訴她要她在這裏做什麼事——能不能第二天早晨就動手，同還有許多別的話．

赫　你看她那種做法是不是要想同她的情人在一塊兒呢？

索　起初我正是這樣想．然而不對，不是這樣一回事．她好像很同他疏遠的樣子——自從她到我這裏來之後．

赫　她同你倒接近了？

索　是的，完全是這樣．有時候她背着身子

我偶然瞧她一眼，我知道她覺得．我一走近她，她就抖索打戰．你看那是怎麽一回事？

赫　唔——那並不很難解說．

索　但是還有一件事怎麽說呢？　她說我告訴過她一番話，那番話我却祇在自己心裏默默地密密地想過，盼望過？你能解說道件事嗎，赫台爾醫生？

赫　不，我不願意來解說他．

索　我早料定你不願意的，所以我一向總不提他．但是你要知道，年長日久我眞是受累不淺．我在這裏不能不一天一天地裝着——．並且這樣對待她眞是丟人，可憐的女孩子．（奮激．）然而我又不能不這樣做．因爲如果她一跑掉，瑞格那就亦要走了．

赫　你沒有把這件事的底細告訴過夫人嗎？

索　沒有．

赫　爲什麽不呢？

索　（注視他，低聲．）因爲我好像得到一種——一種有益的心裏難受，讓愛林這樣寃屈我．

赫　（搖頭．）我一點都不懂得你的話．

索　你要知道，這好像是在一注算不清的大
　債上頭還掉一小部分——
赫　欠你夫人的？
索　是的；那樣還可以使我心裏舒服一點，呼
　吸自由一回兒。
赫　噯呀，我眞不明白——
索　（突然停止又站起來。）罷，罷，那麼我們
　再不談這件事了。（踱過去，又踱過來，在
　桌子旁邊立定。對將生狡猾地一笑。）
　將生，你以爲已經很巧妙地把我盤問出來
　了罷？
赫　（有些生氣。）把你盤問出來了？ 我
　還是一點都不懂得你的意思，索爾奈斯先
　生。
索　哦，不必瞞人了！ 你要知道，我已經看
　得很淸楚。
赫　你看見的什麼？
索　（低聲，慢慢地。）我看見你老在那裏悄
　悄地偵察我。
赫　「我」偵察你！ 爲什麼我要幹那種事
　情？
索　因爲你以爲我——（猝激。）該死——
　你同愛林用一樣的心思猜度我。
赫　她猜度你什麼？

索　（氣平了下去。）她漸漸地以為我——
我——有病

赫　有病？　你嗎！　她在我面前從來沒
有露過這種意思。她把你當作怎麼樣了
？

索　伏在椅子背上低聲道。）愛林打定主
意當我瘋了。她心裏就是這樣想。

赫　（站起來。）噯呀——！

索　是的，她的確這樣想！　眞是這樣。並
且她使你亦這樣想！　哦，我老實告訴你，
醫生，我在你臉上看得淸淸楚楚了。你要
知道，你沒有這樣容易瞞過我。

赫　（很驚訝地瞧着他。）從來，索爾奈斯先
生——從來我心裏沒有這樣想過。

索　（帶着不信地一笑。）當眞？　沒有過
？

赫　沒有，從來沒有！　我敢信你夫人心裏
亦沒有。我差不多可以賭咒。

索　我勸你不必。因為照着一種意思說，或
許——或許她那種猜度並不很大錯。

赫　哦呀，難道你——

索　（把手一揮截斷他的話頭。）罷了，罷了，
我的好醫生，我們不要再討論這件事了。
我們不如承認意見不同罷。（換了安閒

快活的發詞。）　但是你聽我說，醫生——唔——

赫　怎麼樣？

索　你既然不信我是——有病——精神昏亂——發瘋，同這一類的事情——

赫　又怎麼樣呢？

索　那麼你猜想我是一個絕頂快活的人。

赫　那不過是一種猜想嗎？

索　（大笑。）不，不，當然不是！　斷乎不是的！　你祇消想——做建築師索爾奈斯——索爾奈斯哈爾佛特！　世界上還有比這個再快活的事情嗎？

赫　是的，我實在覺得運氣異常地幫着你。

索　（忍着一聲慘笑。）是這樣子。　這上頭我不能抱怨什麼。

赫　第一，那些兇狠老強盜的那所房子就是為你燒掉的。　那真是一樁大運氣。

索　（正色。）不要忘了，那是愛林的家。

赫　不錯，當時她一定很傷心的。

索　至今她還沒有忘懷——這十二三年的工夫。

赫　啊，但是隨後那樁事情一定越發使她傷心到極點了。

索　兩樁事都有分的。

赫　但是你——你自己——你却在那場禍事上爬起來了．起初的時候你不過是個鄉村裏的苦孩子——現在你是建築界的領袖了．咧，索爾奈斯先生，你眞有運氣幫着你．

索　（很窘迫地瞧着他．）不錯，但是這正是我極害怕的地方．

赫　害怕？因爲運氣幫着你？

索　我心害怕——一天到晚地害怕．因爲你要知道，運氣早晚總要改變的．

赫　哦，胡說！什麼可以使運氣改變？

索　（深信不疑地．）那後輩．

赫　呸！那後輩！我想現在你還不算背時的人呢．哦不——你在這裏的地位或許現在比從前更穩固了．

索　運氣要改變的．我知道——我覺得那日子漸漸地近了．總有一個人高興要說：給我一個機會！到那時候所有其餘的人都要跟在他後頭叫喊，摩拳擦掌地對我嚷道：讓開——讓開——讓開！醫生，你瞧着罷，不久那後輩就要來敲我的門了——

赫　（大笑．）他們來了怎麼樣呢？

索　他們來了怎麼樣？到那時候索爾奈

斯哈爾佛特就要完了．

(有人敲左邊的門．)

索　(吃驚．)那是什麽？　你沒有聽見什麽嗎？

赫　有人在那裏敲門．

索　(高聲．)進來．

(溫蓋爾希爾達從廳門裏進來．她的身材不高不矮，玲瓏嬌弱．皮膚略有些被太陽晒黑．穿着旅行衣服，爲走路方便把裙子撩了起來，戴着一個敞胸的水手領，頭上戴一頂小的水手帽．背着一個行裝，有帶的格子布衣服，同一根上山用的手杖．)

希　(直走到索爾奈斯旁邊，眼睛閃閃有喜色．)你好啊！

索　(疑疑惑惑地瞧着她．)你好——

希　(大笑．)你眞不認識我了！

索　不認識了——不瞞你說——一時間——

赫　(走近．)但是「我」認識你，我的好姑娘——

希　(高興．)哦，你莫非就是——

赫　當然是的．(向索爾奈斯．)今年夏天我們在一處山裏見過面．(向希爾達．)

那幾位女太太們怎麽樣了？

希　哦，他們往西去了・

赫　他們不大喜歡我們晚上那種談笑・

希　是的，我相信他們不喜歡・

赫　(舉起指頭指着她・) 恐怕你不能抵賴你有些有意招惹我們・

希　強似坐在那裏同那些老太婆織襪子・

赫　(大笑・) 我的意思完全同你一樣！

索　你是今晚進城的嗎？

希　是的，我剛到・

赫　單身一個人，溫蓋爾姑娘？

希　哦，是的！

索　溫蓋爾？ 你叫溫蓋爾嗎？

希　(帶喜交雜地瞧着他・) 不消說得是的・

索　如此說來你一定是里三集那邊的官醫的女兒了・

希　(同前・) 是的，不然我是誰的女兒呢？

索　哦，如此說來那年夏天我在那邊老教堂裏造塔的時候我們見過面的・

希　(越發鄭重・) 是的，不消說得我們見面是在那時候・

索　那是很長久的事情了・

希　(很命瞧着他・) 整整是那十年・

索　我想那時候你一定還不過是個小孩子

呢·

希 （隨意地·）那時候我十二三歲了·

赫 這是你第一次到城裏頭來嗎，溫蓋爾姑娘？

希 是的·

索 這裏你有認識的人嗎？

希 除了你沒有別人·不用說還有你的夫人·

索 你亦認識她？

希 祇有一點兒認識·我們在養病院裏一塊兒住過幾天·

索 啊，在那裏？

希 她說如果我進城的時候不妨來瞧瞧她·（獰笑·）並不是說那是必須的事情·

索 奇怪她從來沒有提過這件事·

（希爾達把手杖靠在火爐旁邊，卸下行囊，連格子布衣服都放在沙發上·赫台爾醫生要去幫她·索爾奈斯站在那裏呆看她·）

希 （走近索爾奈斯·）現在我要請你許我在這裏過夜·

索 那決沒有什麼困難·

希 因為我除了身上穿的沒有別的衣服了·行囊裏雖然有一套襯衣但是已經很髒，一定要洗了.

索　哦，不要緊，那總好辦現在我要去通知我妻子——

赫　趁這時候，我要去看病.

索　很好，等回兒再來.

赫　(帶着戲笑的樣子，瞧了希爾達的一眼.) 哦，你放心，我一定來！ (大笑.) 你的預言果然驗了，索爾奈斯先生！

索　怎麼驗了？

赫　那後生真來，敲你的門了.

索　(高興.) 是的，然而和我所說的意思却大不相同.

赫　大不相同，不錯，那是無可諱言的.

(從廳門裏出去. 索爾奈斯開了右邊的門，對着旁屋裏說話.)

索　愛林！ 你到這裏來. 這裏有你的一個朋友——溫蓋爾姑娘.

索夫人　(到門口.) 你說是誰？ (看見希爾達.) 哦，是你，溫蓋爾姑娘！ (走過去，伸手給她.) 你到底進城來了.

索　溫蓋爾姑娘剛到；她想在這裏過夜.

索夫人　在我們這裏？ 哦，好極啦.

索　等她把事情弄清楚了一點再作道理.

索夫人　我一定盡我的力幫你. 這亦無非

是我的責任・你的箱子想是隨後在那裏來？

希　我沒有箱子・

索夫人　那麼，很好・但是暫時請你同我丈夫在這裏坐一坐，我要失陪一回兒替你去收拾一間舒服一點的屋子・

索　我們不能給她一間保姆房嗎？　他們都現成啊・

索夫人　哦，不錯・那邊我們有空的地方・(向希爾達・)　坐下歇歇罷・(從右邊出去・)

(希爾達背着兩隻手在屋子裏踱來踱去，瞧瞧各種東西・索爾奈斯站在前面桌子旁邊，亦背着手，眼睛跟着她走・)

希　(立定了瞧他・)你有好幾間保姆房嗎？

索　一共有三間・

希　很不少・如此說來你們一定有許多小孩子了？

索　沒有，我們沒有小孩子・但是現在你可以暫時在這裏做一做小孩子・

希　今天晚上，是的・我決不哭・我要睡得像石頭一樣・

索　是的，我想你一定很疲乏了・

希　哦，不——但是一樣地——睡着做夢是

極有滋味的事情．

索｜你夜裏常做夢嗎？

希｜哦是的｜　差不多老做．

索｜你做得最多的東西是什麼？

希｜今天晚上我不告訴你．或許過些時候說．

（她又在屋子裏踱起來，在書桌前面站住略略翻看桌上的書籍紙張．）

索｜（走近．）你是找什麼東西嗎？

希｜不是，我不過瞧瞧這些東西能了．（轉身．）或許我不應該能？

索｜哦，說那裏話．

希｜記這本大帳簿的是你自己嗎？

索｜不，是我的簿記員．

希｜是個女人嗎？

索｜（一笑．）是的．

希｜是你雇在這裏辦事的人？

索｜是的．

希｜她出嫁沒有？

索｜沒有，她還是單身．

希｜哦，當眞｜

索｜但是我知道她不久就要出嫁了．

希｜這倒於她很好．

索｜但是於我却不很好．因爲到那時候我

就沒有幇手了．

希——你不能另找一個同樣勝任的人嗎？

索——或許你肯在這裏——記這本帳簿？

希——（打量了他一眼．）不錯！　謝謝你，那種事我不行．

（她又踱了一回兒，在搖椅裏坐下．索爾奈斯亦走到桌子旁邊．）

希——（接着說．）因爲這裏一定還有許多別的事情要做．（帶笑瞧着他．）你說是不是？

索——當然是的．我想你第一先要到各店裏去走一遍，照着最時髦的樣子打扮起來．

希——（高興．）不，我想不幹那個．

索——當眞？

希——因爲你要知道，我把錢都花淨了．

索——（大笑．）旣沒有箱子，又沒有錢！

希——一樣都沒有．然而不要緊——現在不礙事了．

索——我就喜歡你那個．

希——單是那個？

索——還有別的．（坐在圓椅裏．）你父親還在世嗎？

希——父親還在世．

索——你或許是想在這裏念書？

希　不，那個我心裏沒有想到過。

索　但是我想你要在這裏住些日子罷？

希　那一定要看情形怎麼樣了。

（她坐在椅子裏搖搖自己，瞧瞧索爾奈斯，一半正色，一半忍笑。她把帽子摘下來放在她面前的桌子上。）

希　索爾奈斯先生！

索　唔？

希　你的記性很壞嗎？

索　記性壞？不，我自己不覺得。

希　那麼關於那次的事情你沒有什麼話要同我說嗎？

索　（一時覺得詫異。）在里三集那次？（冷淡的樣子。）我覺得那個沒有什麼可以多說的。

希　（帶責備的神氣瞧着他。）你怎麼會說出這種話來的？

索　既然如此，請你對我說就是。

希　那塔造成的時候我們鎮上舉行了許多大典。

索　不錯，我不容易忘了那個日子。

希　（帶笑。）你不忘嗎？這就很好。

索　很好？

希　那天教堂空場上有音樂——並且有好

幾百人．我們一班女學生穿着白衣服，都打着旗子．

索 啊不錯，那些旗子——我還記得他們！

希 後來他就爬上架子去，直爬到頂上；你帶上去一個大花圈，把那花圈一下子就掛在風信旗上頭．

索 （作捷地插嘴．）從前我總是那樣做，那是一個從習慣．

希 站在底下仰着頭瞧你，眞是說不出的熱心！ 你想假使他摔下來呢！ 他——那建築師自己！

索 （好像想用話岔開似的．）是的，是的，那亦是很可以有的事情．因爲在那些穿白衣服的小鬼頭堆裏有一個——她對着我那樣狠命地喊——

希 （面現喜色．）『建築師索爾奈斯萬歲！』 是的！

索 ——並且把她的旗子招搖得這樣厲害，差不多使我瞧着頭暈．

希 （聲音低了些，正色地．）那個小鬼頭——那就是「我」．

索 （眼睛注定了她．）現在我確實知道那一定是你了．

希 （又高興起來．）哦，那好生有光彩地激心！ 我一向不信世界上有一個建築師能造這樣一個很高很高的塔．並且你自己巍巍地站在塔頂上！ 一點都不覺得頭暈！ 那是在各種事情裏頭最能使人——使人想着都要頭暈的．

索 你怎麼能這樣料定我不——？

希 （撇開那附意思．）當然不！ 哦，不！ 那個我自然知道．因為如果你頭暈了，你一定不能站在那裏並且嘴裏還唱着歌．

索 （很驚訝地瞧着她．）唱歌？ 「我」唱的嗎？

希 我想你是唱的．

索 （搖頭．）我生平從來沒有唱過一句歌．

希 那時候你確是唱的．那聲音很像空中在那裏彈琴．

索 （沈思．）這眞奇怪——這種種的事情．

希 （半晌不作聲，瞧着他，低聲說道．）但是那時候——在那個之後——那樁眞事就發生了．

索 那樁眞事？

希 （高興起來．）是的，那個當然不必我來提醒你了？

索 哦，請你亦提我一提．

希 你不記得那次大家在俱樂部裏擺酒慶

賀你嗎？

索　不錯，是的，那一定是當天午後的事情，因爲第二天早晨我就走了．

希　從俱樂部裏出來你又被邀到我們家裏去吃晚飯．

索　一點不錯，溫蓋爾姑娘．眞是奇怪，怎麽這些小事你都能記得．

希　小事！ 我喜歡他！ 恐怕這亦是小事，後來你進來的時候屋子裏祇有我一個人？

索　祇有你一個人？

希　(不回答他．) 那時候你沒有叫我小鬼頭嗎？

索　我記得沒有．

希　你說我穿着白衣服怪可愛的，活像一個小公主的模樣．

索　你當時一定像，溫蓋爾姑娘．況且——那天我心裏覺得這樣輕快自由——

希　你還說等我長大了要我做你的公主呢

索　(笑了一笑．) 喔呀，喔呀——我還說過那個嗎？

希　你說的．後來我問你我要等多少時候，你說你十年以後再來——像個山精似的——把我帶走——帶到西班牙或是這一類的地方去．並且你還答應替我在那邊買一個王國．

索　(同前．) 是的，一個人剛吃過一頓飽飯不會計較這些小事情的．但是那些話我當眞都說過嗎？

希　(自己笑着．) 是的．你連那王國應該叫什麼名字都告訴我的．

索　叫什麼？

希　你說應該叫他橘子王國．

索　那倒是個開胃的名字．

希　不，我一點都不喜歡他，因爲那個很像你把我開頑笑．

索　我敢說那決不會是我的本意．

希　不是，我想亦不是——看着你後來的舉動——

索　後來我又有什麼舉動？

希　那是最後的一着，莫非你亦忘了不成？我想世界上沒有人會不記得像那樣一樁事情的．

索　是的，是的，你略爲提我一提，亦許我就——唔？

希　(瞧定了他．) 你走過來親我的嘴，索爾奈斯先生．

索　(張着嘴，從椅子裏站起來．) 「我」做的

——！

希　不錯，你做的．你把我摟在懷裏，把我的頭扳到後面親我的嘴——親了許多次數．

索　當眞有這事，我的好溫蓋爾姑娘——！

希　（站起來．）你不見得想不承認罷？

索　是的，我不承認，我完全不承認！

希　（鄙夷地瞧着她．）哦，當眞！——

（她轉身慢慢地走近火爐旁邊，在那裏站着不動，臉不朝他，兩手背着．停頓片刻．）

索　（很小心地走到她背後．）溫蓋爾姑娘——！

希　（不做聲，亦不動．）

索　不要像石像似的站在那裏不動．這些事情你一定都是夢見的．（把手按在她胳巴上．）你聽我說——

希　（胳巴很不耐煩地一動．）

索　（忽然心裏一動．）或者——！且慢！這裏頭一定有文章！

希　（不動．）

索　（聲低而沈着．）這些事情我心裏一定想過．我一定盼望過——希求過——想要這樣做過．於是乎——這個解說亦許是罷？

希　（依舊不作聲。）

索　（不耐煩起來。）哦，亦好，管他罷——那麼亦許我是有這事。

希　（頭略偏了一偏，然而還是不瞧他。）那麼現在你承認了？

索　是的——你愛怎麼就怎麼罷。

希　你走過來兩隻手摟着我？

索　哦，不錯！

希　把我的頭扳到後面？

索　扳得很後！

希　親我的嘴？

索　一點都不錯。

希　許多次數？

索　你喜歡多少次就是多少次。

希　（很快地轉過來向着他，眼睛裏又含着高興的神氣。）你看，我到底把你逼出來了！

索　（微微地一笑。）是的——你想我竟會把那樣一椿事情忘了。

希　（又有一點不高興，身子退後。）哦，說不定你從前親過許多許多人的嘴。

索　你萬不要把我當作那等人。（希爾達在圓椅裏坐下。索爾奈斯站着，靠在搖椅上，仔細打量她。）溫蓋爾姑娘！

希　做什麼！

索　後來怎麼說？　以後又有些什麼事情——我們兩個人中間？

希　以後再沒有什麼事了·你當然很明白·因爲後來別的客人走了進來，就——呸！

索　一點不錯！　別人走進來了·　你想我連那個亦都忘了！

希　哦，你沒有眞忘什麼；你不過有點不好意思罷了·　我敢說一個人不會忘掉那種事情的·

索　想起來不會的·

希　（又高與起來，瞧着他·）　或許你連那天是什麼日子都忘了？

索　什麼日子——？

希　不錯，你把花圈掛到塔上去是什麼日子？　唔？　快些告訴我！

索　哦——老實說我不記得那天是什麼日子了·　我祇記得是十年前的事情，彷彿是在秋天·

希　（慢慢地點了幾點頭·）　是十年以前——九月十九·

索　不錯，一定在那個時候·　你想你連那個都記得！　（停止·）　但是且慢——！不錯——今天是九月十九·

希　是的；那十年工夫已經過去了。你還不來——你答應下我的。

索　答應你的？你莫非是說威嚇罷？

希　我想沒有什麽威嚇在裏頭。

索　那麽有點頑笑在裏頭。

希　原來你不過想戲弄我嗎？

索　或者是逗着你頑的。不瞞你說，我實在不記得了。但是一定是這樣一種情形，因爲當時你還不過是個小孩子。

希　哦，或許我亦不十分小了。不儘是像你所想的那樣一個小孩子了。

索　（追求地瞧着她。）你當眞盼着我再回來嗎？

希　（藏着一聲半嘲弄的笑。）是的，當眞！我眞是這樣盼着的！

索　你盼我再到你家裏把你帶走嗎？

希　像個山精似的——不錯。

索　教你做個公主？

希　那正是你答應我的。

索　並且還給你一個王國？

希　（仰頭瞧着天花板。）爲什麽不呢？當然不必是一個眞的尋常的王國。

索　然而是一件別的抵得過的東西？

希　是的，至少要抵得過。（瞧了他半晌。）

我想如果你能造世界上最高的教堂塔，你
一定亦能想法子建設一個王國・

索　(搖頭・) 我不能十分明白你的意思，溫
蓋爾姑娘・

希　你不能？　我覺得簡單得很・

索　不行，我決不定你是眞心說那些話呀，還
是祇不過在那裏同我開頑笑・

希　(含笑・) 或許是戲弄你？　我亦這樣
？

索　是的，一點不錯・戲弄——我們兩個人・
(瞧着她・) 你知道我結婚長久不長久？

希　我一向知道的・　你爲什麼問我那個？

索　(輕描淡寫地・) 哦，我不過偶然想起來
罷了・　(很懇切地瞧着她，低聲說道・) 這
次你來幹什麼？

希　我來要我的王國・　時候已經到了・

索　(忍不住大笑・) 你這女孩子！

希　(嘻皮笑臉地・) 快把我的王國交出來，
索爾奈斯先生！　(用手指頭在桌子上
敲・) 王國到桌子上！

索　(把搖椅推近些坐下・) 現在我們正正
經經地說——你爲什麼來的？　你到這
裏來眞心想幹什麼？

希　哦，第一，我要四面去看看所有你造的東

西・

索　那很可以給你許多運動・

希　是的，我知道你造了很多很多的東西・

索　不錯——尤其是近來這幾年裏頭・

希　其中有許多教堂塔嗎？　極高極高的？

索　沒有・現在我不再造教堂塔了・亦不造教堂了・

希　那麽你造什麽呢？

索　造人的住宅・

希　(凝想・)你不能造一點兒——一點兒教堂塔在這些住宅上頭嗎？

索　(吃驚・)你說什麽？

希　我說——一種向上指着——指到自由天空裏去的東西・風信旗安在一個使人頭暈的高處・

索　(想了一想・)奇怪，你會說這句話——因爲那正是我心裏最想做的事情・

希　(不耐煩・)那麽你爲什麽不做呢？

索　(搖頭・)不行，人家不要・

希　他們竟會不要！

索　(快活了些・)但是現在我正在這裏替自己造一所新的住宅——正對着這裏・

希　替你自己造的？

索 是的・差不多完工了・上頭有一個塔・

希 一個高塔？

索 是的・

希 很高的？

索 人家一定要說他太高——高得不適宜做住宅了・

希 明天早晨我第一先要去看那個塔・

索 （手托着腮坐着瞧定了她・）溫蓋爾姑娘，告訴我，你叫什麽名字？ 我問的是你的教名・

希 當然是希爾達・

索 （同前・）希爾達？ 當眞？

希 你不記得了嗎？ 你還親自叫我希爾達——你胡鬧的那一天・

索 當眞我叫的嗎？

希 但是那時候你叫的是『小希爾達；』我不喜歡他・

索 哦，你不喜歡他，希爾達姑娘？

希 不，不在那樣一個時候不喜歡・但是——『希爾達公主』——我想這個名字倒很好聽・

索 很好・什麽——什麽國的希爾達公主，那個國名叫什麽來着？

希 呸！ 我不要那個笨國・我一心注在

完全另外一個上頭了！

索　（靠在椅子裏，依然瞧定了她。）怪不怪——？現在我越想越像是爲了我這些年都在這裏自己給自己受罪爲了——唔——

希　爲了什麼？

索　爲了想極力恢復一件東西——一種我似乎已經忘了的經驗。但是我從來連絲毫影蹤都不曾有過那個究竟是什麼。

希　你應該在你的手巾上頭挽一個結就不會忘了，索爾奈斯先生。

索　如果挽了結，我無非又要搔心挖肺地去想那結是什麼意思了。

希　哦，不錯，世上或許亦有這種山精的

索　（慢慢地站起來。）你現在來得真好！

索　（深深地瞧着他的眼睛。）好嗎！

索　因爲我在這裏寂寞得很。我瞧着這些事情好生沒法子。（聲音低些。）我告訴你——我漸漸地在這裏害怕起來——怕極了那些後輩。

希　（鼻子裏微微地哼了一聲。）哌！——那後輩是可怕的東西嗎？

索　是的。所以我把我自己深藏起來。

索　（迷離惝恍地。）我告訴你，那些後輩總有一天要來搥我的門的．他們要擠進來的！

希　到那時候你應該出去替他們開門．

索　開門？

希　是的．讓他們客客氣氣地進來見你．

索　不行，不行不行！　那些後輩——你要知道，那就是報應．他們的來好像打着一個新旗號，預先通告運氣要改變了．

希　（站起來瞧着他，嘴唇顫動着說．）「我」能幫你些忙嗎，索爾奈斯先生？

索　不錯，你能！　因爲我覺得你亦是——打着新旗號來的．少年同少年作對——！

（赫台爾醫生從廳門裏進來．）

赫　什麼——你同溫蓋爾姑娘還在這裏？

索　是的．我們的事情永遠談不完．

希　新的舊的都有．

赫　當眞嗎？

希　哦，眞是有趣極啦．因爲索爾奈斯先生——他有這樣一個奇怪的記性，極小極小的事情他都能立刻想出來．

（索爾奈斯夫人從右邊門裏走進來．）

索夫人　溫蓋爾姑娘，現在你的屋子已經都收拾好了．

希　哦，你待我眞好！

索　（向他夫人。）是不是保姆房？

索夫人　是，當中那一間．我們先進去吃晚飯罷．

索　（向希爾達點頭。）希爾達應該睡在保姆房裏，她應該的．

索夫人　（瞧着他。）希爾達？

索　是的，溫蓋爾姑娘的名字叫希爾達．她是小孩子的時候我就認識她．

索夫人　你當眞認識她，哈爾佛特？我們走不走？晚飯開在桌子上了．

（索爾奈斯夫人挽了赫台爾醫生的胳巴一同向右邊出去．那當口希爾達正在那裏收拾她的行李．）

希　（聲低而快地向索爾奈斯道。）眞的嗎，你剛才說的話？我能幫你些忙嗎？

索　（把東西從她手裏接過來。）你正是我最用得着的人．

希　（眼睛裏又驚又喜地瞧着他，緊握着自己兩隻手。）但是那麼，喛呀——！

索　（急切地。）什麼——？

希　那麼我的王國到手了！

索　（不由自主地。）希爾達——！

希　（嘴唇又是顫動着。）幾乎——我剛才

要說・（向右出去，索爾奈斯跟在她後頭・）

（第一幕完）

第二幕

（索爾奈斯家裏的一間精緻小會客室・後面有一扇玻璃門通到廊下同花園裏去的・屋子的右角被一扇大凸窗橫截了去，窗前放着許多花架子・屋子的左角同樣地被一段牆截去，牆上有一扇小門，裱糊得同牆一樣・屋子兩邊各有一扇尋常的門・前面靠右，一隻百靈桌子，上頭掛着一面大鏡子・排得很好的花草盆架・前邊靠左沙發，桌子，同幾把椅子・再往後去一隻書架・凸窗前面一張小桌子同幾把椅子・時候很早・）

（索爾奈斯坐在小桌子旁邊面前擺着瑞格那的紙夾・他在那裏翻看那些圖樣，有幾張看得很仔細・他的夫人拿着一把小噴壺靜靜地在那裏澆花・她的帽子，外套，陽傘都在靠近鏡子的一隻椅子上・索爾奈斯時時地拿眼睛偷瞧他夫人・大家都不作聲・）

（凱雅悄悄地從左邊門裏走進來・）

索　（轉過臉來，用一種臨時做出來的冷淡聲調說道・）　哦，是你？

凱　我不過要讓你知道我已經來了·

索　很好，很好·瑞格那亦來了嗎？

凱　還沒有呢·他要等一等醫生呢·但是他就要來聽——

索　今天好老人家怎麼樣？

凱　不見好·他求你准他告假他今天不能起床·

索　那還用說；千萬讓他歇着·現在你去做你的事罷·

凱　是啦·（在門口站住·）瑞格那來了你要同他說話嗎？

索　不，我想不出什麼特別要同他說的話·

（凱雅重新由左邊出去·索爾奈斯還是坐着翻看圖樣·）

索夫人　（在花草旁邊·）我恐怕他亦一樣地快死了？

索　（仰頭瞧她·）像誰一樣？

索夫人　（不回答他的話·）是的，是的——你放心，哈爾佛特，老勃羅徵克亦快要死了·你瞧着就是·

索　我的好愛林，你不該出去散散步了嗎？

索夫人　不錯，我想我應該的·（繼續弄她的花·）

索　（低頭看圖樣·）她還睡着嗎？

索夫人　（瞧着她丈夫・）你坐在那裏心裏想的是湜蓋爾姑娘嗎？

索　（淡淡地・）我無意中想起她來罷了・

索夫人　湜蓋爾姑娘早就起來了・

索　哦，當眞？

索夫人　我進去看她的時候，她正在那裏忙着整理東西・（走到鏡子前面，慢慢地戴上帽子・）

索　（頓了一頓・）我們到底替我們的一間保姆房想出一種用處來了，愛林・

索夫人　是的・

索　我覺得那個比讓他們都空關着好・

索夫人　那種空空洞洞很可怕；你這話不錯・

索　（合上紙夾，站起來走近她・）愛林，你瞧着，就是從此以後我們的日子要好過得多呢・事情要比從前舒服些・日子要容易過些——尤其是你・

索夫人　（瞧着他・）從此以後？

索　是的，愛林——

索夫人　你是不是說——因爲她到這裏來了？

索　（改正自己・）我當然是說——我們一搬到新房子裏去以後・

索夫人　（拿她的外套・）啊，是嗎，哈爾佛特

？

那時候非倘就會變好些嗎？

索　我想不出別的樣子．當然你亦是這樣想了？

索夫人　我一點都沒有去想那新房子．

索　（興致索然．）我聽你說這種話心裏眞是難受；因爲你要知道我造那所房子主要是爲你．（他想去幫她披外套．）

索夫人　（躲着他．）實在是你爲我的地方太多了．

索　（有些發急．）不，不，愛林，請你千萬不要這樣說——我聽你說這些話心裏受不了——

索夫人　既然如此，我不說就是，哈爾佛特．

索　但是我抱定了「我」說的話．你看到了新地方你的日子就容易過些了．

索夫人　嗳呀——我容易過些——！

索　（懇切地．）是的，一定是這樣！你祇管放心就是！因爲——那邊有許多許多的東西可以使你想起你自己的家——

索夫人　那個從前是我父親，母親的家——後來燒成一片平地的——

索　（低聲．）是的，是的，我的可憐的愛林．那是你的一樁大傷心事．

索　（傷心起來．）無論你造多少東西，哈爾——

佛特——你永遠不能再替我造起一個眞的家來了！

索 （走來走去・）唉，那麽我們亦不必再去談他了・

索夫人 我們向來不談的，因爲你總是把這事丟開不提——

索 （突然止步瞧着她・）我？爲什麽我要這樣子？把這事丟開不提？

索夫人 哦是的，哈爾佛特，我很懂得你的意思・你極力想開脫我，且並替我找推託的話・

索 （眼睛裏帶着詫異的神氣・）你！愛林，你在那裏說話——你自己嗎？

索夫人 正是，除了我自己是誰？

索 （不禁對自己說道・）還有那個！

索夫人 說到那所舊房子，我並不很把他放在心上・禍事一準備要來的時候——

索 啊，這話對了・俗語說得好，禍事是擋不住的・

索夫人 但是火災以後那樁事情——跟在後頭的那樁可怕的事情——！ 正是那個！ 那個，那個那個！

索 （孫激・）不要去想那個，愛林！

索夫人 啊，那正是我不能不想的事情・現

在到底我一定亦要把他說出來了，因為我好像再忍不住了．並且永遠不能饒恕我自己——

索 （喊叫．）你自己——！

索夫人 是的，因為我在兩方面都有責任——一方面對你，一方面對那些小孩子．我應該硬着心腸——不應該這樣害怕——亦不應該為燒掉了我的家這樣傷心．（擰她自己的手．） 哦，哈爾佛特，祇恨我沒有那種魄力—

索 （很感動，走近些，低聲地．）愛林——你一定要答應我以後再不去想這些事情．——答應我，寶貝—

索夫人 哦，答應，答應— 一個人什麼事都可以答應—

索 （捏拳，走着．）哦，這件事無望了，無望了— 一線陽光都沒有— 一絲照耀我們家庭的光明都沒有—

索夫人 這算不得一個家，哈爾佛特．

索 哦，算不得，你很可以這樣說．（黯然．）並且你說的我們到了新房子裏亦不會好些的話又焉知道不對呢．

索夫人 永遠不會好些了．照樣地空洞——照樣地淒涼——那邊同這邊一樣．

索　（奮激．）那麼我們爲什麼要去造他呢？　你說得出所以然嗎？

索夫人　不；那句話一定要你自己去回答．

索　（疑疑惑惑地瞧着她．）你這是什麼意思，愛林？

索夫人　我是什麼意思？

索　可不是嗎！　你說得那樣蹊蹺——好像你話裏藏着什麼意思似的．

索夫人　沒有，你放心——

索　（走近些．）哦，我不信——我知道的我都知道．愛林，我自己亦有眼睛，亦有耳朵——你要知道——

索夫人　你在那裏說些什麼話？　什麼事？

索　（站在她面前．）你說你沒有在我無意中說的話裏頭找出一種含蓄的意思來嗎？

索夫人　你說「我」？「我」幹那個？

索　（大笑．）嘿，嘿，嘿！　這是當然的，愛林！　你手裏有了一個病人——

索夫人　（着急．）病人？　你病了嗎，哈爾佛特？

索　（狠命地．）那麼是個半瘋子！　一個狂人！　隨你叫我什麼能．

索夫人　（胡亂摸索了一隻椅子坐下。）哈爾佛特——千萬——

索　然而你們錯了——你同爾生兩個。我並不是像你們猜想的樣子。（踱來踱去。她很擔心地用眼睛跟着他走。末後他走到她身旁。）

索　（靜靜地。）其實我一點事都沒有。

索夫人　沒有是嗎？　既然如此，你心裏這樣不安寧爲些什麽？

索　哦，那是因爲我時常覺得好像就要被壓倒在這筆重債的分量底下——

索夫人　你說的什麽債？　你並沒有欠人家什麽東西啊，哈爾佛特——

索　（低低地帶感情。）我欠你一筆算不清的帳——欠你的——欠你的，愛林。

索夫人　（慢慢地站起來。）這裏頭究竟是怎麽一回事？　你不妨痛痛快快地告訴我。

索　這裏頭並沒有什麽——　我從來沒有待虧過你——無論如何沒有故意地。然而——然而好像有一筆重債緊緊地把我壓住在這裏。

索夫人　欠我的一筆債？

索　主要是欠你的

索夫人　那麼你——到底是有病，哈爾佛特．

索　（淒然．）大約我一定是的——或者亦不很遠了．（瞧着右邊的門，這時候那門開了．）啊！　現在輕鬆些了！

（溫蓋爾走進來．她的服裝改變了些，裙子放了下來．）

希　你好，索爾奈斯先生！

索　（點頭．）睡得好嗎？

希　甜極了！　像搖籃裏的小孩子一樣．哦——我躺在那裏好像——好像一個公主！

索　（笑了一笑．）如此說來，你睡得十分舒服了？

希　我想是的．

索　你一定亦做夢的．

希　不錯，做的；但是可怕得很．

索　是嗎？

希　是的，因爲我做夢從一個極高極險的山崖上掉下來．你從來沒有做過那種夢嗎？

索　哦，亦有——間或地——

希　眞是異常地熱心——正在那裏掉，掉的時候——

索　好像使人汗毛都要直豎起來．

希　你掉下來的時候腿伸起來不伸起來？

索　伸起來，能多高伸多高．

希　我亦是這樣．

索夫人　（拿她的傘．）現在我一定要進城去了，哈爾佛特．（向希爾達．）我想法子去買些你要用的東西．

希　（預備伸着胳巴去摟她的頸子．）哦，我的好，親索爾奈斯夫人呀！　你待我太好了！　好得——

索夫人　（拒絕，躲開．）哦，沒有的事．那不過是我的責任，所以我很願意去做他．

希　（生氣，撅嘴．）但是我想我很可以到大街上去了——因爲我已經把衣服收拾齊了．或者你看我還不能？

索夫人　老實告訴你，恐怕街上的人要瞪着眼睛瞧你．

希　（輕蔑不屑地．）吓！　儻儻是這樣嗎？那倒使我有趣了．

索　（忍氣．）不錯，但是別人或許亦要當你瘋了．

希　瘋了？　這裏城裏有這麼許多瘋子嗎？

索　（指着他自己的額部．）無論如何這裏有一個．

希　你——索爾奈斯先生！

索夫人　哦，不要這樣說，我的親哈爾佛特！

索　你還沒有看出來嗎？

希　沒有，我實在沒有。（想了一想，笑了一笑。）然而——亦許在一樁事情上頭。

索　啊，你聽見沒有，愛林？

索夫人　那一樁事情是什麽，溫蓋爾姑娘？

希　不，我不說。

索　哦，你說就是！

希　不行——我還不至於瘋到那樣子。

索夫人　等到祇剩你同溫蓋爾姑娘——的時候，我想她會告訴你的，哈爾佛特。

索　啊——你看她會嗎？

索夫人　哦，當然地。因爲你從前同她那樣熟識。自從她是小孩子的時候就認識——你自己告訴我的。（從左邊門裏出去。）

希　（隔了片時。）你夫人很討厭我嗎？

索　你有些覺得嗎？

希　你自己難道沒有覺得？

索　（言詞躲閃。）近年來愛林看見了外人變成異常地怕生了。

希　當眞？

索　然而祇消你能同她熟透了——！啊，她這人眞好——眞和氣——眞可親——

希　（不耐煩。）但是如果她眞像你所說的這樣——爲什麼她要說她的責任不責任的話呢？

索　她的責任？

希　她說她要出去替我買點東西因爲那是她的責任。哦，我受不了那個醜惡的字眼！

索　爲什麼受不了？

希　因爲那個字聽着又冷又尖又扎人。責任——責任——責任。你不亦這樣想嗎？你不覺得好像他在那裏扎你嗎？

索　唔——我沒有仔細研究過。

希　他是扎人。如果她眞是這樣好——像你說的似的——爲什麼她要說那種話？

索　但是噯呀那麼你究覺要她說什麼呢？

希　她不妨說她願意這樣做是因爲她心裏十分喜歡我。她不妨說些這一類的話——很誠懇很客氣的話。

索　（瞧着她。）你就喜歡這樣說法？

希　一點不錯。（在屋子裏走來走去，立定在書架前瞧架上的書。）你的書眞多！

索　是的，我收集得不少。

希　那些書你亦都看嗎？

索　我總想都看。你看書多不多？

希｜不，從來不！　我已經把他丟開了！因爲我覺得那都是不相干的事情．

索｜那正是我的感想．（希爾達隨意走了一走，在小桌子前面立定，打開紙夾，翻看裏頭的東西．）

希｜這些圖樣都是你的嗎？

索｜不，都是我雇一個年輕助手畫的．

希｜他是你教過的人？

索｜哦，是的，他當然從我這裏亦學會了些東西．

希｜（坐下．）這樣看起來他大概是很聰明．（瞧着一張圖樣．）他是不是？

索｜哦，他還許再壞些呢．因爲我的目的！——

希｜哦，他一定聰明得了不得．

索｜你在這些圖樣裏看得出嗎？

希｜呸——這些亂塗的東西！　但是如果他跟你學過——

索｜哦，說起這件事——這裏有許多人跟我學過然而都沒有學成什麼．

希｜（瞧着他搖頭．）不，我與一點子都不會明白爲什麼你這樣笨．

索｜笨？　你看我很笨嗎？

希｜是的．如果你甘心在這裏教這些人—

——

索　（微微一驚。）爲什麼不呢？

希　（站起來半正色半頑笑地。）何苦呢，索爾奈斯先生！那有什麼好處？除了你，別人都不准造房子。你應該獨立——一切事情都是自己做。現在你知道了。

索　（不由自主地。）希爾達——！

希　怎麼樣！

索　你怎麼會那樣想的？

希　那麼你以爲我錯得這樣厲害嗎？

索　那倒不是。但是現在我要告訴你一點事情。

希　什麼事？

索　我繼續着——不停地——悄悄地獨自一個——在這裏思忖這件事情。

希　是的，我覺得那是很當然的。

索　（帶些查問的神氣瞧她。）亦許你已經看出來了罷？

希　沒有，我確沒有。

索　然而剛才——你說你覺得我——精神失常？在一樁事情上頭，你說——

希　哦，剛才我正在那裏想完全另外一件事。

索　什麼事？

希　我不預備告訴你。

索——(在屋子裏走・)好，好——聽你的便・

希——(在凸窗前站住・)過來，我給你瞧一點東西・

索——(走近・)什麽東西？

希——你看見沒有——在那邊花園裏——？

索——不錯？

希——(指着・)正在那大石坑上頭——？

索——那所新房子，是不是？

希——不錯，正造着的那一所・差不多完工了・

索——那所房子好像有一座很高的塔・

希——架子還沒有拆掉呢・

索——那就是你的新房子嗎？

希——是的・

索——就是你不久就要搬進去的那一所？

希——是的・

索——(瞧着他・)那裏頭亦有保姆房嗎？

希——有三間，像這裏一樣・

索——沒有小孩子？

希——永遠一個都不會有了・

索——(半笑・)可不是正像我說的——？

希——說的什麽？

索——說你有一點——倒底有一點瘋病・

希——這就是你剛才在那裏想的事情嗎？

索——是的，我想那些我睡的空保姆房・

索　（聲音放低•）我們有過小孩子——愛林同我•

希　（懇切地瞧着他•）你們有過——？

索　兩個男小孩子•他們歲數一樣•

希　如此說來是雙生子了•

索　是的，雙生子•已經是十一二年以前的事了•

希　（小心地•）他們兩個都——？你兩個都沒有保住？

索　（默默地傷心•）我們養活了他們祇有三星期的樣子•或者還不到這些日子•（發作•）哦，希爾達，我简直說不出你來了不知於我有多少好處！因爲現在我倒底有了一個可以說話的人了！

希　你亦不能對——她說嗎？

索　這件事說不得•不能照着我所要說的同必須說的去說•（傷心•）還有許多別的事情亦不能對她說•

希　（低聲•）你說你用得着我就是這個意思嗎？

索　大致是的——至少昨天是的•因爲今天我就不能這樣說得定了——（突然住嘴•）過來，我們坐下，希爾達•坐在那邊沙發上爲的是可以望到花園裏•（希爾遠在沙發角裏坐下。索爾奈斯把一隻椅子移近些。）你愛聽那樁事嗎？

希　我愛坐着聽你講。

索　（坐下。）既然如此，我就都把他講給你聽。

希　索爾奈斯先生，現在你同花園我都看得見了。快講！講罷！

索　（指着山窗。）在那邊高岡上頭——就是新房子那裏——

希　不錯？

索　愛林同我初結婚的幾年就住在那邊。那邊原來有一所舊房子，從前是她母親的；後來我們連房子連那一片大花園都承繼了下來。

希　那所房子上頭亦有一個塔嗎？

索　沒有。從外面看着那房子活像一隻又大，又黑又難看的木頭箱子；然而裏頭却照常地很安逸很舒服。

希　後來你把那破房子拆掉了？

索　不是拆掉的，是燒掉的。

希　整個兒都燒掉了？

索　是的。

希　那是你的一樁大不幸嗎？

索　那要看你從那一方面說了。從職業方

面說，那場火倒把我燒成功了——

希　然而——？

索　那時候兩個小孩子剛生下來——

希　不錯，那一對可憐的雙生子．

索　他們生下來的時候又強壯又快活．他們長得太——一天改一個樣子．

希　小孩子剛生出來的時候是長得快．

索　瞧着愛林抱着那一對孩子躺在那裏眞是世界上最美的東西．——但是後來起火的那一夜就來了——

希　（着急．）怎麼樣？快告訴我！有人燒壞沒有？

索　沒有，不是那個．家裏的人都平平安安地逃了出來——

希　以後怎麼樣？

索　——那陣驚嚇卻把愛林急壞了．那警信——那逃奔——那慌亂——那夜裏的冷氣——因爲他們都祇能從牀上直拖出來——連她帶兩個小孩子．

希　他們受不住了嗎？

索　哦，不，他們很受得住．但是愛林發起熱來了，她的奶受了影響．她仍然一定要自己奶他們；她說那是她的責任．我們兩個孩子就一齊——（捏拳．）——他們——唉！

希　他們就此沒有好嗎？

索　是的，他們就此沒有好。我們的兩個小孩子就這樣沒有了。

希　你們一定很難受的。

索　我難受得够了，但是愛林還要加十倍地難受。（含怒且辛。）唉，世上竟會有這種事情！（簡捷堅決。）自從我死了那兩個孩子，我就沒有心緒造教堂了。

希　當初你亦不願意造我們鎮上的那個教堂塔嗎？

索　我何嘗願意來着。我明知道那塔造成的時候我心裏的自在快活。

希　「我」亦知道。

索　從此以後我永不再——永不再造那一類的東西了！　不論教堂或是教堂塔。

希　（慢慢地點頭。）除了人的住宅。

索　人的住宅，希爾逵。

希　但是要有高塔同尖頂的住宅。

索　假使做得到的話。（用一種快活些的口氣。）　然而，我剛才說過的，那場火倒把我燒成功了——從職業方面說起來。

希　爲什麼你不像別人似的自己叫你自己建築家？

索　因爲我從前沒有十分有統系地去學他。

大部分我知道的東西都是自己找出來的·

希　然而你一樣地成功了·

索　是的，要謝謝那場火·我差不多把花園的全部照着莊子的格局一塊一塊劃分出來；然後儘着我自己的意思去造·所以我一下子就出名了·

希　（仔細地瞧着他·）照着你的情形看起來，你一定是個很快活的人·

索　（傷心·）快活？你亦說這話嗎——像他們大家一樣？

希　是的，我想你一定快活·祇消你能不去想那兩個小孩子——

索　（慢慢地·）那兩個小孩子——他們沒有這樣容易忘記，希爾逵·

希　（有些疑惑·）你還是這樣撇不下他們嗎——隔了這許多年數？

索　（瞧定了她，不回答她的問話·）你說我是個快活的人——

希　你不算快活嗎——在別的事情上頭？

索　（繼續瞧着她·）我把這場着火的事情告訴了你——唔——

希　怎麼樣？

索　沒有一種特別的感想在你——在你心裏發生嗎？

希　（想不起來・）沒有・那是什麼呢？

索　（沈重的口氣・）就是完全虧了那場火，我才能造人的住宅・安逸，舒服，光明的住宅，父母兒女很安穩，快活地住在裏頭，覺得活在世上好生快樂——尤其是彼此屬於彼此——無論大事小事・

希　（熱烈地・）你能造這種美麗的住宅不是一樁大快活嗎？

索　那代價，希爾達！我買那機會的可怕的代價！

希　但是那個你永遠不會忘了嗎？

索　永遠不會忘了・因爲要替別人造住宅，我祇能犧牲——永遠地犧牲——那本來可以是我自己的住宅——一個給小孩子們同父母預備的住宅・

希　（小心地・）但是你用得着那樣子嗎？你說永遠地？

索　（慢慢地點頭・）這就是現在大家說的這個快活的代價・（呼吸滯重・）這個快活——哼，這個快活的代價不能再賤些了，希爾達・

希　（同前・）但是到現在還不能恢復嗎？

索　今生不會了——永遠不會了・這又是那場火——同後來愛林那場病——的一

種結果．

希　（帶一種形容不出的神氣瞧他．）然而你還造那些保姆房？

索　（正色．）希爾達，你沒有看見那椿做不到的事情嗎——他好像在那裏招手高聲叫我？

希　（沈思．）那樁做不到的事情？（高興．）是的，對了！你亦是那樣想嗎？

索　是的．

希　那麼一定——你亦有一點山精在裏頭了．

索　為什麼是山精？

希　那麼，你叫他什麼？

索　（站起來．）是，是，你亦許不錯．（猛激地．）但是叫我怎麼能不變成一個山精，樣樣事情總是同我這樣來——樣樣事情．

希　這話怎麼講？

索　（低聲含着無限的感情．）記着我告訴你的話，希爾達．所有我做的，造的，創作的——所有的美麗，穩固，安樂——唉，還有宏壯——（握拳．）哦，迴想起來都可怕！

希　什麼事這樣可怕？

索　就是：所有這些東西我都要去償還，去付價——不是用錢，是用人生的快活．並且不單是用我自己的快活，還用了別人的．是的，是的你明白不明白，希爾達？ 這就是我做藝術家我自己——還有別人——所出的代價．每天重新替我付價的時候，我自己祇能在旁邊瞧着．還了再還，還了再還——永遠沒有還淸的時候！

希　（站起來，緊緊地瞧着他．）現在我知道你在那裏想——想她呢．

索　不錯，主要是想愛林．因爲愛林——她亦有她的職業，正像我有我的一樣．（聲音顫動．） 但是她的職業不能不停頓，破碎，毀裂——爲的是我的可以努力前進到——到一個大勝利的地位．因爲你要曉得，愛林——她亦有造東西的才幹．

希　她？ 造東西的才幹？

索　（搖頭．）不是造什麼房子，高塔——不是像我做的這一類事情——

希　那麼是什麼呢？

索　（低聲，帶感情．）造小孩子的靈性的才幹，希爾達，把小孩子的靈性造得平衡和諧，做成高尚，美麗的格式，使他們能够向上發展成正直，完美的人的靈性．這是愛林的才幹．然而現在這些才幹——廢棄不用了，並且亦永遠不能用了——對於世上的

人沒有效用了——正像火燒剩瓦礫堆一樣・

希　是的，但是卽使事情是這樣——？

索　實在是這樣！　實在是這樣！　我知道！

希　但是無論怎麽樣不是你的不好・

索　（眼睛釘住她慢慢地點頭・）啊，這正是那大而可怕的問題・　這正是那日夜在那裏咬我的疑問・

希　這個？

索　是的・　亦許是我的不好——按着一種意思說・

希　你的不好！　那場大火！

索　所有的事情統統都是・　然而亦許——同我毫不相干・

希　（臉上現出憂愁的神氣瞧着他・）哦，索爾奈斯先生，如果你說得出這種話我恐怕你一定——到底還是有病・

索　唔——我恐怕我在這件事上頭腦子永遠不會十分清楚了・

（勃羅微克瑞格那很小心地開了左角的那扇小門・　希爾達向前走來・）

瑞　（他瞧見希爾達的時侯・）嗄！　對不起，索爾奈斯先生——（轉身要走・）

索　不要緊，不要緊，不要走．讓我們把他弄清楚了罷．

瑞　哦，好極啦——祇消我們做得到．

索　我聽說你父親不見好？

瑞　我父親的光景一天壞似一天了——所以我要央求你在我畫的那些圖的一張上頭寫幾句好話，爲的是我父親看了——

索　（激昂地．）我不要再聽你那些圖樣了——

瑞　你看過他們沒有？

索　我看過了．

瑞　他們不中用嗎？「我」這人亦不中用嗎？

索　（言詞躲閃．）瑞格那，你在我這裏不要走．樣樣事情都依着你．將來你可以娶凱雅，很舒服地過日子——並且很快活——誰料得定呢？祇要你不想替自己去做事情．

瑞　那麼我要回去把你說的話告訴我父親了——因爲我這樣答應他的．這就是在他未死之前我要去告訴他的話嗎？

索　（嘆息一聲．）哦，你愛替我告訴——告訴他什麼就告訴什麼罷．最好是什麼都不要告訴他！（一陣傷心．）瑞格那，我沒有別的辦法！

瑞　我可以把那些圖樣拿去嗎？

索　可以，拿去——千萬拿去！　他們都在那邊桌子上頭呢．

瑞　（走到桌前．）謝謝你．

希　（把手按着紙夾．）不，不；不把他們留在這裏．

索　做什麽？

希　因爲我亦要瞧瞧他們．

索　但是你已經——（向瑞格那．）那麽，把他們留下．

瑞　亦好．

索　你馬上回去看你父親罷．

瑞　是的，我該去了．

索　（好像絕望的樣子．）瑞格那——你不該要我做我所做不到的事情！　瑞格那，聽見沒有？　你不應該！

瑞　不，不．請你恕罪——

（瑞格那鞠了一躬從角上的門裏出去．希爾達走過去坐在挨近鏡子的一張椅子上．）

希　（生氣地瞧着索爾奈斯．）那是一樁很醜的事情——

索　你亦這樣說嗎？

希 是的，醜得厲害——並且還是狠惡，殘忍．

索 哦，你不明白我的地位．

希 無論——我說你不應該像那樣子．

索 你自己剛說過除了「我」別人都不許造東西．

希 「我」可以這樣說——你卻不該．

索 當然是我最該說，因爲我用了這樣重的代價才換到現在這個地位．

希 哦，不錯——用了你所謂家庭的幸福同那一類的東西．

索 並且還要加上我的精神的安寧．

希 （站起來．）精神的安寧！（帶感情．）是的，是的，你這話不錯！　可憐的索爾奈斯先生——你以爲——

索 （靜靜地咯咯一笑．）希爾達，你姑且再坐下，我告訴你些可笑的事情．

希 （坐下十分注意．）什麽？

索 聽着好像是一樁極可笑的小事；因爲你要知道這段故事的關鍵不過在一個烟囱裏的一條裂縫上．

希 沒有別的了？

索 沒有了，起初不過是這樣．（他把一隻椅子移近些希爾達坐下．）

希 （不耐煩，敲着自己的膝蓋．）快些講那烟囱裏的裂縫！

索　在那場火沒有燒之前我早就看見那條裂縫了．每次我到閣樓上去的時候我總留神看看他還在那裏不在．

希　他在那裏？

索　是的，因爲沒有別人知道這件事．

希　你亦沒有說什麽？

索　沒有．

希　你亦沒有想到把那烟囱修理修理？

索　哦，我想倒想到的——然而總沒有動手．每逢我想去動手的時候，好像總有一隻手把我拉住似的．我心裏想今天不做罷——明天再說因此一點結果都沒有．

希　但是爲什麽你要這樣把他延宕下去呢？

索　因爲我心裏正盤算着一樁事情．（慢慢地，聲音很低．）我想從那條烟囱裏的小黑縫裏亦許我就此可以把我的建築事業做上去．

希　（直着眼睛向前看．）那一定是很熱心的．

索　差不多做不動主——簡直做不動主．因爲那時候我覺得那是很簡單，很平直的一樁事情，我盼望他在冬天發作——在正午前一回兒．我正同愛林在外頭坐雪車，家裏的用人把火爐生得旺旺地．

希　因爲不消說得那天的天氣要他極冷？

索　不錯，冷得刺骨——他們想等愛林回家的時候使她覺得屋子裏十分舒服暖和．

希　大約她是生來很怕冷的？

索　是的．等我們回家的時候我們可以看見那烟．

希　祇看見烟嗎？

索　先看見烟．但是等到我們走到花園門口的時候，那隻舊木箱子整個兒變成一個火球了．這是我心裏盼望的事情，你要知道．

希　哦，爲什麽事情不能這樣呢！

索　不妨這樣說，希爾達．

希　但是你聽我說，索爾奈斯先生，你確實知道起火的原因是烟囱裏的裂縫嗎？

索　不，不但不——我反確實知道烟囱裏的那條裂縫同那場火絲毫沒有關係．

希　什麽！

索　後來調查清楚火是在一隻衣櫃裏起的——完全另外一處的地方．

希　那麽，你這一大套胡說亂道說那烟囱裂縫的話是幹什麽的！

索　你許我再說一點下去嗎，希爾達？

希　可以，祇消你說得有道理些——

索　我試試就是．（把椅子移近些．）

希　既然如此，快說，索爾奈斯先生！

索　（很親切地．）希爾達，你以我這話為然嗎，世上有一等特別的，挑選出來的人他們生就一種魄力才幹去想念，去渴望，去要求一樁事情——這樣地堅切——這樣地不容情——到後來那樁事情非實現不可？

希　（眼睛裏現出一種難以形容的神氣．）如果真是這樣的話，總有一天我們可以看見「我」究竟是不是那些挑選出來的人裏頭的一個．

索　不是單是自己就能做成這些大事的．哦，不行——幫忙的人同伺候的人——非得他們亦盡力不行，如果要想成功的話．但是他們永遠不會自己來的，一定要你堅切地——默默地，你懂不懂——去叫他們才行．

希　那些幫忙的人同伺候的人是什麼？

索　哦，那個我們以後再說．目前我們再談那場火的事情．

希　你想那場火照樣地要燒嗎——即使你不盼望的話？

索　如果那所房子是老勃羅徵克納脫的，燒起來一定沒有這樣容易．這是我敢說定的，因爲他不會請幫忙的人——不會，並且亦不會用伺候的人．（心神不寧地站了起來．）所以你看，希爾達——一定要把那兩個小孩子的性命送掉，那究竟還是我的不好．還有一層，愛林始終沒有做到她應該做，可以做，並且極想做的一個女人，那不亦是我的不好嗎？

希　不錯，但是如果這都是那些幫忙的人同伺候的人做出來的事情——？

索　誰把他們叫來的？是我！他們來了，並且服從我的意思．（越發興奮．）這就是人家所說的運氣好；但是我一定要告訴你這種運氣是什麼滋味！那滋味好像是我胸口上的一大塊傷處．那些幫忙的人同伺候的人不住地在那裏從別人身上把皮一塊一塊地撕下來，爲了是可以補我的傷口！然而那傷口還是沒有治好的——永遠不會好了，永遠不會好了！哦，你不知道他有時候能怎麼樣咬我，燒我．

希　（很注意地瞧着他．）索爾奈斯先生，你病了．很利害，我覺得．

索　簡直說瘋了；因爲那正是你的意思．

希　不，我並覺得你的理智方面有什麼大錯誤。

索　那麼錯誤在什麼地方？　快說！

希　我疑惑你生來良心就有病。

索　良心有病？　這是什麼話！

希　我意思是說你的良心頓弱無力——太嬌嫩了沒有力氣抓住東西——舉不起，受不住重的分量。

索　（怒聲。）哼！　那麼我要請問一個人應該有怎麼樣的一種良心？

希　我願意你的良心——十分強健。

索　當真？　強健，唔？　我要請問你自己的良心強健不強健？

希　我想是的。我從來沒有覺得他不是過。

索　我想那是因爲沒有很嚴厲地經過試驗。

希　（嘴唇顫動。）哦，離開我父親不是一樁很容易的事情——我了不得地愛他。

索　噯呀！　一兩個月的工夫——

希　我恐怕永遠不再回家去了。

索　永遠不回去了？　那麼爲什麼你離開他？

希　（半眞半戲地。）你又忘了十年的期限到了嗎？

索　哦，胡說。家裏鬧了亂子啦，是不是？

希　（十分鄭重地。）是我心裏的這種衝動在那裏鞭促我來——並且引誘我前進。

索　（熱切地。）對了！　對了，希爾達！你亦有一個山精在裏頭了，像我似的。因爲你要知道，是一個人裏頭的山精——是他在那裏叫我們外頭的力量。那時候你一定要讓步——不論你願意不願意。

希　索爾奈斯先生，我差不多相信你的話是對的。

索　（在屋子裏走來走去。）哦，希爾達，世界上我們永遠看不見的魔鬼數都數不淸呢！

希　還有鬼？

索　（立定。）好的鬼同惡的鬼；淡頭髮的鬼同黑頭髮的鬼。祇消你總能知道是淡頭髮的還是黑頭髮的在那裏同你作怪！（又走起來。）嘿嘿！　到那時候事情就容易了！

希　（眼睛跟着他走。）或者如果有一個十分強健有力的良心——可以心裏想做什麼就敢做什麼。

索　（在百靈桌旁邊立定。）現在我相信世上大多數的人在這個上頭大半都是像我一樣地不中用。

希 本是這樣．

索 （摸着桌子．）在那故事裏頭——你看過古代的故事沒有？

希 哦，看過！ 從前我看書的時候，我——

索 故事裏講那些海盜坐着船到外國去搶東西，放火殺人——

希 並且還搶女人——

索 ——搶了把她們囚起來——

希 ——在船上把她們帶回來——

索 ——對待她們的樣子好像——好像那最壞的山精．

希 （向前直看半遮掩的神色．）我想那一定很擔心．

索 （短而洸着地一笑．）是不是去搶女人？

希 被人家搶去．

索 （瞧了她半响．）哦，不錯．

希 （好像想截斷話頭似的．）但是爲什麼你無端提起那些海盜來，索附奈斯先生？

索 你不要見怪，因爲那些人的良心一定是強健的！ 他們回來之後能照常吃，喝，像小孩子一樣地快活還有那些女人亦是這樣！ 她們往往無論如何不願意再離開他們，這個道理你明白不明白，希附達？

希　那些女人的心思我十分明白

索　哦喔！　亦許你自己亦能這樣做？

希　爲什麽不能呢？

索　你——自己甘心願意——去同那樣一個強盜過日子？

希　如果我愛的是一個強盜——

索　你能愛那樣一個人嗎？

希　噯呀，你還不知道一個人要去愛誰自己是做不動主的。

索　（默默地瞧着她。）哦，我想那是山精在裏頭做主。

希　（半笑。）還有所有那些你很熟悉的好鬼——淡頭髮的同黑頭髮的。

索　（沉靜而熱切。）那麽我很希望那些鬼小心地替你選擇。

希　替我他們已經選定了——永遠選定了。

索　（很懇切地瞧着她。）希附達——你好像一隻樹林裏的野鳥。

希　決計不是。我不躲在樹林底下。

索　不，不。你有些像一隻猛禽。

希　這個還許近情些。（熱烈地。）爲什麽不做一隻猛禽？　爲什麽「我」不該打獵——我，還有別人？　揀我要的東西捉，祇消我的爪子抓得着。

索　希爾達，你可知道你是什麽？

希　知道，我想我是一種奇怪的鳥。

索　不。你像黎明的天氣。我瞧着你——我就好像在那裏瞧太陽出來。

希　索爾奈斯先生，請你告訴我——你確信你沒有叫過我來嗎？　我是指你心裏默默地說？

索　（低聲慢慢地。）我想我一定叫過的。

希　你叫我來幹什麽？

索　你是那後輩，希爾達。

希　（微笑。）就是你怕得這樣厲害的後輩？

索　（慢慢地點頭。）並且就是我心裏盼望得很深切的人。

（希爾達站起來，走到小桌子前面，把瑞格那的紙夾拿過來。）

希　（伸手把紙夾遞給他。）我們剛才正談着這些圖樣——

索　（用手揮開，簡括地。）把那些東西拿開——我已經看够了。

希　不錯，但是你一定要把你許可的話寫在上頭。

索　把我許可的話寫在上頭？　休想！

希　但是那可憐的老頭子已經命在呼吸了

——你不能在他們父子分手之前給他們這一點快樂嗎？　並且他亦許還可以得一筆用費辦事情呢．

索　不錯，那正是他想的東西．　他已經把這事拿穩了——這位先生——

希　那麽，嗳呀——如果眞是這樣的話——你不能偶然撒一次小小的謊嗎？

索　說謊？　（大怒．）　希爾達——把那些鬼圖樣拿開，不要擱在我眼前——

希　（把紙夾移近自己一點．）　喂喂，不要咬我．　你說山精——但是我覺得你自己就像一個山精．　（四面一望．）　你的筆擱在什麽地方？

索　這裏頭沒有這種東西．

希　（走向門口．）　但是那位姑娘在那裏的公事房裏——

索　希爾達，你不要動——　你說，我應該撒一個謊．　哦，不錯，爲了他的老父親我不妨這樣做——因爲我年輕的時候我把他壓倒過，把他踩在腳底下——

希　亦有他？

索　因爲我自己要用地位．　但是這個瑞格那他却無論如何不准跑到前邊來．

希　可憐東西，實在不必害怕．　如果他沒有什麼才幹——

索　（走近些，瞧着她，低聲地。）如果瑞格那得到機會，他要把我打倒的。壓倒我——就像從前我壓倒他父親一樣。

希　壓倒你？ 他有這種能力嗎？

索　有，你放心，他有這種能力！ 他就是那預備來敲我的門，結果索爾奈斯哈爾佛特的後號！

希　（瞧着他，悄悄地責備他的意思。）然而你想要把他排擠出去。哼，索爾奈斯先生！

索　我從前那場奮鬬已經把心血流够了。並且我還怕那些幫忙的人同伺候的人不見得肯再聽我的話。

希　那麼你應該一個人去幹。再沒有別的法子想。

索　希爾達，沒有希望了。遲早是一定要改變的，不過早一點或是遲一點罷了。報應是不容情的。

希　（發愁，用手掩着耳朵。）不要說那些話！ 你想弄死我嗎？ 拾掉我比生命還要緊的東西？

索　那是什麼？

希　就是想看你偉大的一種盼望。看你手

裏拿着一個花園高高地站在一個教堂塔上．（又平靜了．）喂，把你的鉛筆拿出來．你身上一定帶着鉛筆？

索　（掏出他的記事小册來．）　我這裏有一支．

希　（把紙夾放在沙發桌子上．）　很好．索爾奈斯先生，我們在這裏坐下．（索爾奈斯在桌旁坐下．希爾達站在他身後，倚着椅子背．）　現在我們在圖上寫字罷．我們一定要寫得很精緻地，很客氣的——為這個討厭的什麼羅——隨他叫什麼名字罷．

索　（寫了幾個字，回頭瞧着她．）希爾達，告訴一件事情．

希　唔！

索　如果這十年裏頭你都在那裏等我——

希　怎麼樣呢？

索　為什麼你從來不寫信給我？　那時候我就可以回答你了．

希　（急忙地．）　不不！　那正是我不願意做的事情．

索　為什麼不願意？

希　我怕那事情都弄糟了；但是我們剛才正要在圖上寫字，索爾奈斯先生．

索　是的。

希　(湊身向前從他肩膀上瞧他寫。)不要忘了，寫得謙和些——哦，我好恨——我好恨這個羅——

索　(一面寫着。)希爾達，你當眞從來沒有把什麼人放在心上過嗎？

希　(粗魯地。)你說什麼？

索　你從來沒有把什麼人放在心上過嗎？

希　你是不是說沒有把別的什麼人放在心上過？

索　(搖頭瞧她。)是的，別的什麼人。你從來沒有嗎？在這整整的十年裏頭？從來沒有？

希　哦，間或亦有。在我恨極你不來的時候。

索　那麼你亦注意過別人？

希　極有限——不過一星期的樣子，嘜呀，索爾奈斯先生，你當然知道這種事情是怎麼發生的。

索　希爾達——你到這裏來爲些什麼？

希　不要多說話躊躇時候了。說不定那苦老頭子在這時候就許死。

索　希爾達，回答我一句話。你要向我要什麼？

希　我要我的王國。

索　唔——

（他很快地向左邊的門瞧了一眼，又繼續在圖上寫字。同時索爾奈斯夫人走了進來，手裏拿着些包件。）

索夫人　溫蓋爾姑娘，這裏我替你略買了幾樣東西。大的包件等一回兒再送來。

希　哦，你眞太好了！

索夫人　不過是我的責任，沒有什麼別的。

索　（念他自己寫的東西。）愛林！

索夫人　咧？

索　你沒有留神那——那簿記員還在外頭嗎？

索夫人　哦，不用說得，她在那裏。

索　（把圖樣放在紙夾裏。）唔——

索夫人　她站在書桌前面，像她向來一樣——每逢「我」走過那屋子的時候。

索　（站起來。）那麼我要把這個給她，告訴她——

希　（把紙夾拿過去。）哦，不，這個好差使讓我當了罷！（走到門口，又轉過身來。）她叫什麼名字？

索　她叫福斯利姑娘。

希　咳，這個名字聽着冷冰冰的！我要問她的教名叫什麼。

索　凱雅——我記得是的．

希　(開門喊道．)凱雅，到這裏來！　趕快
——索爾奈斯先生有話同你說．
(凱雅走到門口．)

凱　(吃驚地瞧她．)我在這裏——

希　(把紙夾遞給她．)你瞧這裏，凱雅！
你把這個拿回家去罷，索爾奈斯先生已經
在上頭寫過字了．

凱　哦，到底寫了！

索　你儘快把這個送給他老人家去．

凱　我立刻拿着就回家去．

索　是的，去罷．現在瑞格那有了自己造東
西的機會了．

凱　哦，許他自己來謝你——？

索　(粗魯地．)我不要什麼謝！　把我這
話告訴他就是．

凱　是啦，我——

索　並且同時還告訴他從此以後我這裏用
不着他了——亦用不着你了．

凱　(聲低而顫．)亦不用我了？

索　你現在有別的事情去想去做了；那倒是
於你很有益的．福利斯姑娘現在拿着圖
樣回家去罷就走！　聽見沒有？

凱　(依然那樣．)是啦，索爾奈斯先生．(出

去。）

索夫人 哼哼！ 她那雙哄人的眼睛！

索 她？ 那個可憐的小東西？

索夫人 哦——我看得出的我都看得出，哈爾佛特。你眞是辭退他們嗎？

索 是的。

索夫人 還有她？

索 那不是你願意的事情嗎？

索夫人 但是你沒有她怎麽行呢——？哦，不錯，你一定還有別人補她的缺。

希 （頑笑地。）「我」決不是那站在寫桌前面的人。

索 不要緊，不要緊——就會好的，愛林。現在你祇消去籌造我們搬進新房子的事情——越快越好。今天晚上我們要把花圈掛上去——（轉向希爾達。）——正掛在那塔尖上頭。你看好不好，希爾達姑娘？

希 （兩眼烱烱地瞧着他。）再看你站得那樣高眞是榮耀得很！

索 我！

索夫人 噯呀，溫盞爾姑娘，不要去想這種事情！ 我丈夫！——像他那樣動不動總是頭暈！

希 他頭暈！ 不，我確知道他不——！

索夫人　哦真的他真是這樣！

希　但是我曾經親眼看見過他站在一個教堂高塔的頂上！

索夫人　不錯，我聽見人家說過；然而那是完全做不到的——

索　（激昂）做不到——做不到，不錯！　然而我一樣地在那上頭站過！

索夫人　哦，哈爾佛特，你怎麼說出這種話來了？你向來連這裏二層樓的陽臺上都不敢去的。

索　或者你看今天晚上就大不同了。

索夫人　（吃驚。）不，不，不！　上帝保佑我永遠不要看見這種事情。我立刻就寫信給醫生——我知道他一定不讓你這樣做。

索　什麼，愛林——！

索夫人　哦，哈爾佛特，你要曉得你有病。這個就是證據！　嗳呀，天啊！——天啊！——（急忙從右邊出去。）

希　（用心瞧他。）是這樣嗎，還是不是這樣？

索　你指我頭上的事情說？

希　我指我這位大建築師不敢——不能——爬得像他造得那樣高？

索　這是你的意見？

希　是的．

索　我覺得我渾身上下幾乎沒有一處可以逃得過你的．

希　(望着山岩．) 在那上頭，那麽．正在那上頭——

索　(走近她．) 你可以用那塔上的頂高的一間屋子，希爾達——你可以像公主似的在那裏住着．

希　(半眞半戲地，一種說不出的神氣)．不錯，從前你是這樣答應我的．

索　我當眞答應過？

希　哼，索爾奈斯先生！　你從前說過我應該做一個公主，並且你願意給我一個王國．後來你就走了——唔！

索　(小心地．) 你確信這不是一個夢境——一個在你心裏盤據的幻想嗎？

希　(尖峭地．) 你莫非想賴不成？

索　我幾乎自己亦不知道．(聲音更低．) 但是我現在確已知道，我——

希　你——？　快說出來！

索　——我早就該做．

希　(高興嚷道．) 不要對我說你這人會頭暈！

索　那麽，今天晚上我們就把花圈掛上去，希附遂公主．

希　（嘴唇狠狠地一抿．）掛在你的新房子上頭，是的．

索　掛在那所永遠不會是我的住宅的新房子上頭．（從花園門裏出去．）

希　（神情恍惚地向前直看自己對自己低低地說話，聽得見的字眼衹是）——了不得地熬心——（第二幕完．）

第三幕

（索爾奈斯家裏的大而且寬的走廊．一部分的房子在左邊，有外門通到走廊裏．廊右有一行欄杆．後邊走廊盡頭處一步階梯通到底下花園裏．園裏許多高的老樹把枝葉覆着走廊同屋邊．從極右的樹中間隱約望見新房子的下半截同木架圍着的一角塔．花園後欄着一道舊木柵．木柵外邊一條街同許多低矮破舊的草屋．黃昏的天色鋪滿了晚霞．

廊下沿牆放着一條花園裏用的長椅，椅子前面一隻長桌．桌子的那邊放着一隻圓椅同幾隻櫈子．所有的傢具都是柳條的．

索爾奈斯夫人裹着一條大的白縐紗圍

巾坐在門椅裏休息，呆呆地望着右邊．隔了不多時，希爾達從花園裏走上階梯來．她的衣服同在前幕裏一樣，不過戴了帽子．她胸前掛着一個尋常小花紮成的小花球．）

索夫人　（把頭略偏了一偏．）你把花園都走遍了沒有，溫蓋爾姑娘？

希　走遍了，各處都看了一看．

索夫人　是的，你還掐了些花．

希　可不是嗎！矮樹裏頭他們一堆一堆地多得很呢．

索夫人　當眞？還有嗎？你看我幾乎不大到那邊去．

希　（湊近些．）什麼！那麼你不是天天到花園裏去跑一趟？

索夫人　（淡淡地一笑．）現在我不到什麼地方去「跑」了．

希　是的，但是你亦不時常下去看看那邊那些可愛的東西嗎？

索夫人　那些東西對我都發生疎了．我差不多怕再看見他們．

索　怕看見你自己的花園！

索夫人　我不覺得他還是我自己的了．

希　你說什麼——？

索夫人　不，不，他不是——不是像在我父母那時候的光景了．他們拿去了許多——拿去了這花園的許多東西．你想——他們把他劏碎了——替不相干的人去蓋房子——那些我不認識的人．他們可以坐在那裏從他們的窗戶裏低頭瞧我了．

希　（高興．）索爾奈斯夫人！

索夫人　唔！

希　我可以在這裏同你坐一回兒嗎？

索夫人　哦，當然可以，如果你願意的話．（希爾達把一隻櫈子移近圓椅坐下．）

希　啊——這裏可以坐着像貓兒似的曬太陽．

索夫人　（輕輕地把手放在希爾達膀子上．）你眞好，肯陪我在一塊兒坐着．我當你要進去找我丈夫呢．

希　我去找他幹什麼？

索夫人　去幫他，我想．

希　不，謝謝你．並且他亦不在裏頭．他在那邊同工人在一塊兒．但是他的神氣這様兒猛，我沒有敢同他說話．

索夫人　其實他很仁愛很溫和．

希　他嗎！

索夫人　你還沒有眞知道他呢，遇蓋爾姑娘．

希　（很親愛地瞧着她。）你想起了搬到新房子裏去心裏高興不高興？

索夫人　我應該高興因爲這是哈爾佛特的意思——

希　哦，當然不是專爲那個。

索　是的，是的，溫蓋爾姑娘；因爲我去服從他不過是我的責任。但是常有時候逼着自己去服從別人是一樁很難很難的事情。

希　不錯，那一定是很難的。

索夫人　實在是的——在一個人有像我這樣許多錯處的時候——

希　在一個人經過像你這樣許多憂患的時候——

索夫人　你怎麼會知道的？

希　你丈夫告訴我的。

索夫人　對我他輕易不提這些事情。是的，溫蓋爾姑娘告訴你說罷，我一生經過的憂患已經够得不要够了。

希　（同情地瞧着她，慢慢地點頭。）可憐的索爾奈斯夫人！第一是那場火——

索夫人　（嘆息一聲。）是的，所有是我的東西都燒掉了。

希　接着就是那件更傷心的事情了。

索夫人　（疑訝地瞧着她。）更傷心的事情

？

希　頂傷心的事情了．

索夫人　你這話怎麼講？

希　（輕輕地．）你死了那兩個小孩子．

索夫人　哦，不錯，那兩個孩子．但是你要知道，那是另外一件事．那是上天的一種恩施；我們碰見這種事情祇能低頭服從——是的，並且還要感謝才是．

希　那麼，你就是這樣的？

索夫人　可惜我不能總是這樣．我亦很知道，那是我的責任——但是我仍然做不到．

希　不，不，我想那不過是人情之常．

索夫人　我時常一定要提醒自己這是給我的一種正當懲罰——

希　爲了什麼？

索夫人　因爲我沒有魄力擔當災患．

希　然而我不覺得——

希夫人　哦，不，不——溫蓋爾姑娘，不要再同我談那兩個小孩子的事了．我們想起他們不該別的祇該高興才是，因爲他們這樣快活——現正這樣快活了．人生最傷心的是小東西的損失那種損失在別人看着差不多不算一回事．

希　（把兩隻胳巴放在索爾奈斯夫人膝蓋

上親愛地仰頭瞧着她・） 好索爾奈斯夫人——告訴我說的是什麽東西！

索夫人 我已經說過，祇是小的東西・所有牆上掛着的舊畫像都燒了・所有家裏傳了多少代的舊綢緞衣服亦燒了個乾淨・所有母親的同祖母的花邊亦一點都沒有剩下・你想——還有珠寶！ （傷心・） 還有所有的泥人兒・

希 泥人兒？

索夫人 （嗓塞含淚・） 我有九個可愛的泥人兒・

希 他們亦都燒掉了？

索夫人 都燒掉了・哦，好生難受——教我好生難受・

希 這樣說來，你是把那些泥人兒藏着的？自從你是小孩子的時候你就藏着的？

索夫人 我沒有把他們藏着・他們總是同我在一塊兒過日子・

希 你長大以後還是這樣？

索夫人 是的，還遠在那個之後呢・

希 你嫁了還是這樣？

索夫人 哦是的，一點不錯・在他沒有看見的時候——・但是他們都燒掉了，可憐東西・沒有人想到把他們救出來・哦，想起

來好難受・你千萬不要笑我，溫蓋爾姑娘・

希　我一點都不在這裏笑・

索夫人　因爲你要知道，照着一種意思說，他們亦有生命的・我把他們揣在心底裏，像沒有生出來的小孩子一樣・

（赫台爾醫生手裏拿着帽子從門裏出來，注視索爾奈斯夫人同希爾達・）

赫　索爾奈斯夫人，你坐在這裏外頭招涼嗎？

索夫人　我覺得今天這裏又舒服又暖和・

赫　是的，是的・但是這裏有什麼事情？我接到你一張字條・

索夫人　（站起來・）不錯，有一點我一定要同你談的事情・

赫　很好；那麼，或者我們還是進去談的好・（向希爾達・）你還是穿着上山的衣服嗎，溫蓋爾姑娘？

希　（很高興地站起來・）不錯——全身制服！但是今天我不去爬山冒險了・我們兩個都靜靜地在底下看着他，醫生・

赫　我們看着什麼？

索夫人　（吃驚，輕輕地向希爾達・）住嘴，住嘴——千萬不要作聲！他在那裏來了・想法子使他丟開那椿事情・溫蓋爾姑娘，我們兩個要好．你看我們能不能？

希　（把兩隻胳巴狠命地摟着索爾奈斯夫人的脖子．）哦，但願我們能够！

索夫人　（輕輕地掙脫自己．）哪，哪，哪！他來了，醫生．讓我同你說句話．

赫　是說他嗎！

索夫人　不錯，正是說他．請進來．

（她同醫生走進屋子．隨後索爾奈斯由階梯上從花園裏走上來．希爾達臉上現出一種鄭重的神氣．）

索　（瞧了那扇屋門一眼，有人在裏頭小心地想把他關好．）希爾達，你覺得沒有我一來，她就走了．

希　我覺得你一來，你就逼着她走．

索　亦許是這樣．然而我沒有法子．（仔細地瞧着她．）你冷不冷，希爾達？我看你像冷．

希　我剛從一個墳裏頭鑽出來．

索　你這話怎麼講？

希　我渾身都冷透了，索爾奈斯先生．

索　（慢慢地．）我想我懂得——

希　這時候你爲什麼到這裏來？

索　我從那邊瞧見了你．

希　那麼，你一定亦瞧見她了？

索　我知道我一來她立刻就要走的．

希　她這樣躲避你，你覺得很難過嗎？

索　一方面說起來，亦是我的一種寬慰．

希　不要她在你的眼前？

索　是的．

希　不要看見她爲了兩個小孩子那樣傷心？

索　是的．　主要是爲這個．（希爾達背着手在廊下信步走去，在欄杆前立定，望着花園裏．）

索　（等了一等．）你同她長談沒有？（希爾達站着不動，亦不答話．）

索　我問你，你們長談沒有？（希爾達仍然不做聲．）

索　希爾達，她說些什麽？（希爾達還是不做聲．）

索　可憐的愛林！　大約她說的是那兩個小孩子．

希　（渾身打了一個戰；隨後急急地點了一兩點頭．）

索　她永遠不會忘了——今生不會了．（走近她．）　現在你又像石像似的在那裏站着了，正同你昨天晚上站着的神氣一樣．

希　（轉身瞧他，帶着鄭重的目光．）我要走了。

索　（尖俏地。）要走了！

希　是的。

索　但是我不讓你走！

希　叫我再在這裏幹什麽？

索　希爾達，祇要你在這裏！

希　（打量了他一眼。）哦，謝謝你。你知道事情不會就此那樣的。

索　（隨意地。）那更好啦！

希　（奮激地。）我不能害一個我認識的人——我不能搶她的東西。

索　誰要你那樣做？

希　一個不認識的人倒使得！因爲那情形又完全不同了！一個我從來沒有看見過的人倒不要緊！但是一個同我很接近的人——！哦，使不得！哦，使不得！噁！

索　不錯，但是我並沒有勸過你這樣做。

希　哦，索爾奈斯先生，你很明白將來是個什麽結果。我所以要走就爲這個。

索　你走了教我怎麽樣呢？那時候教我再爲什麽東西活着？——從那以後？

希　（眼睛裏含着一種形容不出的神氣。）你一定不會這樣難過。你還有對她的責任呢．你爲那些責任活着就是．

索　來不及了．這些力量——這些——這些——

希　——魔鬼——

索　不錯這些魔鬼！　還有在我頭頂的山椅——他們把她的生命的血都吸盡了．（狂笑．）他們所以這樣做是爲我的快樂！　正是，正是！　（傷心．）現在她死了——爲了我．我現在活活地被拴在一個死女人身上．（異常悲痛．）「我」——「我」這樣一個沒有快樂不能過日子的人！

（希爾遂繞過桌子來坐在長椅上胳巴肘子擱在桌子上兩手托着頭．）

希　（坐着看了他半晌．）你再預備造什麼？

索　（搖頭．）恐怕我不再造許多東西了．

希　不再造那些給父親，母親，孩子們住的舒服，快活的住宅了？

索　這種住宅將來有沒有都很難說．

希　可憐的索爾奈斯先生！　這十年工夫——你把所有的心血——都用在那上頭了．

索　是的，希爾達，你很可以這樣說．

希 （一陣發作。）哦，我覺得這些都傻得很——傻得很！

索 這些什麽？

希 不能抓住你自己的快樂——不能抓住你自己的生命！ 僅僅地爲了一個你認識的人偶然妨礙着你！

索 一個不應該撇開的人。

希 我疑惑是不是眞不應該！ 然而，然而——哦，但願能把這些事都睡忘了才好呢！（她把胳巴平放在桌上頭的左邊枕在手上，閉了眼睛。）

索 （把圓椅轉過來，在桌子前面坐下。）希爾達，你有沒有一個舒服，快活的住宅？——同你父親在那邊。

希 （不動，好像半睡地回答。）我祇有一隻籠子。

索 你決意不回去了嗎？

希 （態度依舊。）野鳥永遠不想到籠子裏去的。

索 寧可在自由天空裏飛着——

希 （態度還是照舊。）猛禽喜歡飛着——

索 （眼睛移到她身上。）祇消一個人有那種海盜精神——

希 （她平常的聲音；眼睛掙開，但是身子不勁。）還有那一樣呢？快說是什麼！

索　一個強健的良心。（希爾達在長椅上坐直，高興地。眼睛裏又含着活潑潑的喜氣。）

希　（向他點頭。）「我」知道你再要造什麼東西！

索　希爾達，那麼你倒比我知道得多了。

希　是的，建築師都是笨人。

索　那麼，是什麼呢？

希　（又點頭。）宮城。

索　什麼宮城？

希　不用說是我的宮城了。

索　現在你要一座宮城嗎？

希　你不是欠我一個王國嗎？

索　你說我欠的。

希　唔——你承認你欠我這個王國。我想有了王國不能沒有一座宮城！

索　（越來越高興。）不錯，他們常是連着的。

希　好！那麼就替我去造！立刻動手！

索　（大笑。）你還一定立刻就要嗎？

希　是的，一點不錯！因為十年的期限現在已經滿了，我不再等下去了。所以——趕緊把宮城拿出來，索爾奈斯先生！

索　希爾達，欠你些東西眞不是容易的事啊。

希　你從前就該想到的。現在來不及了。喂——（敲桌子。）——宮城到桌子上！這是我的宮城！　我立刻就要！

索　（態度更鄭重了些，胳巴放在桌子上，身子湊近她。）　希爾達，你想像的是怎麽樣一種宮城？（她的神氣越來越模糊。她好像自己在那裏內省。）

希　（慢慢地。）　我的宮城要在一個高的地方——在一個極高的地方——四面都看得清楚，可以使我周圍望得很遠很遠地。

索　不用說得要有一個高塔了！

希　一個極高極高的塔。塔頂上要有一個陽臺。我站在上頭——

索　（不由自主地抓抓額部。）　你怎麽偏喜歡站在那樣一個使人頭暈的高處——？

希　是的，我願意！　我站在頂上瞧着底下的人——那些造教堂，造父母孩子的住宅的人。你亦可以上來瞧瞧。

索　（低聲。）　那建築師可以上來到公主旁邊嗎？

希　祇消那建築師願意。

索　（聲音更低。）　那麽我想那建築師要來的。

希　（點頭．）那建築師——他要來的．

索　但是他不能再造什麽東西了！　可憐的建築師！

希　（高興．）哦，他能！　我們兩個一同去工作．那時候我們可以造那世界上最可愛的——頂頂可愛的東西．

索　（注意．）希爾遠——告訴我那是什麽！

希　（含笑瞧他，搖一搖頭，撅着嘴，像小孩子似的說話．）　那些建築師——他們是極——極笨的人．

索　不錯，他們眞是笨人．但是請你告訴我那世界上最可愛的東西——我們兩個一同要去造的——是什麽？

希　（靜了一回兒，迷離恍惚地說道．）空中樓閣．

索　空中樓閣？

希　（點頭．）是的，空中樓閣！　你知道空中樓閣！　是一件什麽東西？

索　你說是世界上最可愛的東西．

希　（猝然起立，用手表鄙棄之意．）是的，的確是的！　空中樓閣——他們是極容易躲的地方．並且亦容易造——（輕屑地瞧着他．）尤其是在那些有一個——

有一個昧着良心的建築師．

索　(站起來．) 希爾遂，從今天以後我們兩個要一同工作了．

希　(半信半疑地一笑．) 造一個眞的空中樓閣？

索　是的．底下做一個結實的基礎．

(瑞格那從屋子裏走出來． 他手裏拿着一個緞絲帶的大花圈．)

希　(一陣快活起來．) 花圈來了！ 哦，那一定好看極啦！

索　(詫異．) 你把花圈帶來了，瑞格那？

瑞　我答應那工頭帶來的．

索　(放下心來．) 啊，那麼大概你父親的病好一點了？

瑞　不．

索　他看了我寫的東西不高興些嗎？

瑞　來得太遲了．

索　太遲了！

瑞　她拿回來的時候他已經不省人事了．他突然間發了一陣病．

索　那麼，你應該回去看他才是！ 你一定要招呼着你父親！

瑞　他再用不着我了．

索　然而你却應該陪着他．

瑞　她在他的牀前坐着呢．

索　（有些疑惑不定地．）凱雅？

瑞　（迷迷惑惑地瞧着他．）是的——凱雅．

索　回去，瑞格那——到他同她那裏去．把花園給我．

瑞　（忍着一聲嘲笑．）莫非你自己想——？

索　我自己拿下去給他們．（把花園從他手裏拿過來．）現在你回家去罷；今天我們用不着你．

瑞　我知道你再用不着我了；然而今天我却要在這裏．

索　亦罷，既然你執意不走的話，在這裏就是．

希　（在欄杆前．）索爾奈斯先生，我預備站在這裏瞧你．

索　瞧我！

希　那一定很驚心的！

索　（低聲．）希爾達，我們等一回兒再談他．（拿着花園從階梯上下去穿着花園去了．）

希　（在後頭瞧了他半响，然後回身向瑞格那．）我想你至少可以謝謝他．

瑞　謝謝他？我應該謝他嗎？

希　是的，那還用說，你應該謝的．

瑞　我想我倒應該謝謝你才是．

希　你怎麼說起這種話來了？

瑞　（不回答她。）但是我勸你要小心，溫蓋爾姑娘！　因爲現在你還沒有眞知道他那個人呢。

希　（熱切地。）哦，沒有人趕得上像我這樣知道他！

瑞　（狂笑。）謝謝他，因爲他一年一年地把我壓着！　因爲他使我父親不信任我——並且使我自己不信任自己！　這都無非是爲了他可以——！

希　（好像在那裏猜什麼東西似的。）爲了他可以——？　快些告訴我！

瑞　爲了他自己可以把她留在這裏。

希　（向着他衝過去。）那個書桌前面的女孩子。

瑞　正是。

希　（氣勢洶洶地揑着拳。）這話靠不住！——你在那裏造他的謠言！

瑞　我本來亦不信，到今天她自己說了我才信的。

希　（好像發狂似的。）她說的什麼？　我要聽聽！　快，快說，快說！

瑞　她說他占住了她的心——她整個兒的心，把她所有的心思都聚集到了他一個人身上・她說她永遠不能離開他了——情願常在他這裏——

希 (目光炯炯・) 她不准這樣—

瑞 (好像在那裏探索什麽似的・) 誰不准她這樣？

希 (很快地・) 他亦不准她—

瑞 哦，現在我都明白了・ 從今以後她倒要——礙事了

希 你何嘗明白什麽——因爲你會說出這種話來— 「我」來告訴你爲什麽他從前要留住她・

瑞 很好，你說爲什麽？

希 爲的是要留住你・

瑞 他是這樣告訴你的嗎？

希 沒有，但是事情確是這樣・ 一定是這樣— (發狂・) 我要——我要他這樣—

瑞 但是你一來——他就肯放她走了・

希 他放走的是你，不是別人— 你想他爲什麽要把像她一類的下流女人放在心上？

瑞 (沈思・) 難道這一向他在那裏怕我嗎？

希 他怕— 如果我是你，我決不這樣自負—

瑞　哦，他一定早已看出來我亦有些才幹．況且——怯懦——那正是他的本色．

希　他！ 哦，是的，我或者可以相信—

瑞　照着一種意思說他是怯懦——他，這位大建築師．他並不怕剝奪別人的生命的快樂——像他對待我們父子一樣．但是到了要他略微爬一點架子的時候，他就寧可什麼都做，亦不敢上去．

希　哦，你應該看見過他站在很高很高的——一個使人頭暈的地方，我從前看見過那樣一次．

瑞　你看見過嗎？

希　是的，我確看見過．他站在上頭把花圈拴到教堂風信旗上的時候那態度好生自由，偉大—

瑞　我知道他生平冒險做過一次——在一個寂寞無聊的時候．在我們年輕些的人聽着已經是一段古事了．但是沒有力量可以使他再做一次了．

希　今天他又要做了—

瑞　（輕屑地．）哼，是的—

希　我們看着就是—

瑞　你同我都不會看見．

希　（憤激難忍．）我要看— 我要看，我一定要看！

瑞　但是他不做．他就是不敢做．因爲他雖然是個大建築師，他免不掉這個毛病．

（索爾奈斯夫人從屋子裏走到廊下來．）

索夫人　（四面一望．）他不在這裏嗎？他到什麼地方去了？

瑞　索爾奈斯先生在底下同工人在一塊兒呢．

希　他把花圈帶去了．

索夫人　（吃驚．）把花圈帶去了！　噯呀，不得了！　勃羅德克——你快下去看他！　想法子把他弄回這裏來！

瑞　我要說你有話同他講嗎，索爾奈斯夫人？

索夫人　哦，不錯，你說就是！　——不，不！——不要說「我」有什麼事！　你可以說有人在這裏叫他一定要就來．

瑞　好．我就照這樣去說，索爾奈斯夫人．

（下階梯穿過花園去了．）

索夫人　哦，溫蓋爾姑娘，你不知道我爲了他怎麼樣地着急．

希　這裏頭有什麼値得這樣害怕的事情嗎？

索夫人　哦；有你一定明白．你想，假使他眞做出來的話！　假使他忽然高興爬上架子去的話！

希　（懇切地．）你看他會這樣嗎？

索夫人　哦，誰知道高興做什麼呢！　我恐怕他沒有不會想做的事情．

希　啊哈！　亦許你亦以為他是——唔——

——

索夫人　哦，現在我心裏不知把他當作什麼了．赫台爾醫生告訴了我許多許多的事情；加上我聽見他說過的幾樁事情——

（赫台爾醫生在門口向外望，）

赫　他不就來嗎？

索夫人　我想他就要來了．無論如何我已經打發人去叫他了．

赫　（向前走．）我的好夫人，恐怕你一定要進去才對——

索夫人　哦，不！　哦，不！　我要在外頭等哈爾佛特呢．

赫　但是有幾位女客剛來拜望你——

索夫人　嗳呀，她們亦來了！　偏在這個當口！

赫　她們說她們一定要來參觀這個典禮．

索夫人　罷罷，大約我終久總得要去見她們了．這是我的責任．

希 你不能請她們走嗎？

索夫人 不能，那永遠做不到．她們既然來了，我去見她們是我的責任．但是你在這裏不要走開——等他來的時候接待他．

赫 並且想法子把他絆住得越長久越好——

索夫人 是的，照着這樣做好溫蓋爾姑娘．用盡你的能力緊緊地牢籠住他．

希 你自己來做不最好嗎？

索夫人 是的，那原是我的責任．但是一個人有了這樣許多方面的責任的時候——

赫 （望着花園裏．）他在那裏來了．

索夫人 我不能不進去了！

赫 （向希爾達．）不要提起我在這裏．

希 哦，不！我自會想些別的事情同索爾奈斯先生談的．

索夫人 千萬緊緊地牢籠住他．我知道你最勝任．（索爾奈斯夫人同赫台爾醫生走進屋子．希爾達仍然站在廊下．索爾奈斯從花園裏來，走上階梯．）

索 聽說有人叫我．

希 是的，就是我，索爾奈斯先生．

索 哦，是你嗎，希爾達？我還怕是愛林或是那醫生呢．

希　你好像很容易害怕似的．

索　你以爲是這樣嗎？

希　是的；人家說你不敢爬到——爬到木架上去．

索　哦，那很是一樁特別的事情．

希　這樣說來，你不敢去做是眞的了？

索　是的，我不敢．

希　怕摔下來送了性命？

索　不，不是怕那個．

希　怕什麽，那麽？

索　我怕報應，希爾達．

希　怕報應？（搖頭）我不明白．

索　坐下，我告訴你．

希　請說！　趕快！（在欄杆旁邊一張矮櫈上坐下，盼望地瞧着他．）

索　（把帽子扔在桌上．）你知道我起頭造的是教堂．

希　（點頭．）那個我知道得很詳細．

索　因爲我是生長在一個篤信宗教的鄉下人家，所以我覺得造教堂是我可以去做的最高貴的事業．

希　不錯，不錯．

索　並且我敢說我造那些說亦可憐的小教堂的時候抱着這樣的一番眞心誠意——

希 怎麽樣？

索 我想他應該滿意我了．

希 他？ 什麽他？

索 不用說得是那個大家造了教堂去供奉的人了！

希 哦，原來如此！ 但是你確實知道——他不——滿意你嗎？

索 (輕屑地．) 他滿意我！ 希爾達，你怎麽會說出這話來的？ 那個縱容山精在我裏頭任意搗亂的人！ 那個吩咐他們一天到晚在旁邊伺候我的人——這些——這些——

希 魔鬼——

索 是的，兩種都有． 哦，他使我很明顯地覺得他不滿意我． (迷迷惑惑地)． 你看，這就是他使那所從房子燒掉的眞原因．

希 就爲這個？

索 是的，你不明白嗎？ 他要給我機會在我自己的範圍裏做——做一個完成的名手，這樣我可以替他造更宏大的教堂． 起初我不懂得他的用意；但是後來我恍然大悟了．

希 那是什麽時候？

索 那正是我在里三集造教堂塔的時候

希　我想是的．

索　因爲你看，希爾遂——在那邊那些新環境裏，我自己心裏常在那裏沈思默想．那時候我才明白爲什麽他要把我的小孩子奪去．原來爲的是不讓我有別的東西分心．不許我有愛情快樂這一類的事情．祇要我做一個建築師——沒有別的．我的一生總是不停地去替他造東西．（大笑．）但是我告訴你，後來毫無結果！

希　那麽你幹了些什麽？

索　最初我把自己的心搜求嘗試了一番——

希　後來呢？

索　後來我就做那做不到的事情——我並不見得不及他．

希　那做不到的事情？

索　從前我總不能爬到一個偉大，自由的高處．但是那天我做到了．

希　（跳起來．）不錯，不錯，你做到的！

索　我站在那裏，比什麽東西都高，把花圈掛在風信旗上的時候，我對他說道：現在聽我說，你這偉大的主宰！從今天起我要做一個自由的建築師了——我在我的範圍裏，就像你在你的範圍裏一樣．從此我不再替你造教堂——祇造人的住宅了．

希　(目光炯炯．)那就是我在空中聽見的歌聲！

索　但是後來他的時運到了．

希　這話怎麼講？

索　(歪頭喪氣地瞧着她．)造人的住宅——簡直不值一回事，希爾達．

希　現在你說這話嗎？

索　是的，因爲現在我看出來了．人家用不着這些住宅，——不能在裏頭快活．如果我有了這樣一所住宅，我亦不會有用處．(靜靜地悽然一笑．)這是這樁事情全部的結果，無論我回想得怎樣遠．沒有眞造出什麼來；亦沒有爲建築的機會犧牲什麼沒有什麼！沒有什麼！完全是一場空！

希　那麼你從此不再造什麼了嗎？

索　(高興．)不，我方且正要去動手！

希　那麼什麼？你預備造什麼？快些告訴我！

索　我相信世界上祇有一處人生快樂可以寄居的地方——那就是我現在要去造的東西．

希　(注視他．)索爾奈斯先生——你是指

我們的空中樓閣・

索　空中樓閣——正是・

希　我恐怕我們走到一半你就要頭暈了・

索　不，如果我能同你手拉手地一塊兒上去的話，希爾達・

希　(帶着忍恨的神氣・)祇同我一個人？再沒有別人了？

索　還要有誰？

希　哦——那個女孩子——那個書桌前面的凱雅・可憐東西，你不想把她亦帶着嗎？

索　哦喔！　愛林對你講的就是她嗎？

希　是這樣嗎——還是不是這樣？

索　(激昂・)我不願意回答這種話・你一定要信任我——完完全全地！

希　這十年裏頭我信得你這樣地完全——這樣地完全・

索　你一定要繼續下去信任我！

希　那麽，讓我看你又高又自由地站着！

索　(傷心・)哦，希爾達，那個我不是每天都做得到的・

希　(熱烈地・)我要你去做！　我要你做——(央求地・)再做一遭，索爾奈斯先生——把那做不得的事情再做一遭！

索　（站起來，深深地看着她的眼睛。）希爾達，如果我去做的話，我要站在上頭像前次似的同他說話。

希　（漸加興奮。）你對他說什麽？

索　我要對他說：聽我說，偉大的上帝——你儘不妨由着你的意思評判我！　但是從今以後別的東西我都不造了，除了那世界上最可愛的東西——

希　（樂極。）是的——是的——是的！

索　——同着一個我所愛的公主一同去造——

希　是的，這樣對他說！　這樣對他說！

——

索　是的。我再要告訴他：現在我要下去用胳巴摟着她的脖子親她的嘴——

希　——親了許多次數！　照這樣說！

索　——親了許多，許多次數，我要說。

希　隨後——？

索　隨後我要把帽子搖搖——走下地來——照着我告訴他的話去做。

希　（伸開兩隻胳巴。）現在我看你又像從前空中有歌聲的時候一樣了！

索　（低頭瞧她。）希爾達，你怎麽會變成現在這樣子的？

希　你怎麽會把我變成這樣子的？

索　（簡捷堅決．）那公主一定可以有她的宮城．

希　（狂喜，拍手．）哦，索爾奈斯先生——！我那可愛，可愛的宮城啊！　我們的空中樓閣！

索　造在一個結實的基礎上．（從樹堆裏隱約望見街上聚了一羣人．新房子後頭很遠的地方有一派管吹樂聲．）

（索爾奈斯夫人脖子裏圍了一個皮領子，赫台爾醫生胳巴上搭着她的白圍巾，同着幾位女客一齊走到廊下來．同時瑞格那亦從花園裏走上來．）

索夫人　（向瑞格那．）我們亦有音樂嗎？

瑞　有．是泥水匠聯合會的樂隊．（向索爾奈斯．）工頭叫我告訴你他已經預備好拿着花圈上去了．

索　（拿帽子．）好．我自己下去看他．

索夫人　（着急．）你下去幹什麼，哈爾佛特？

索　（簡捷地．）我一定要到底下工人那邊去．

索夫人　是的，底下——祇是底下．

索　那是我常站的地方——在尋常的時候．（走下階梯穿過花園去了．）

索夫人　（憑着欄杆追喊．）　但是那個人上去的時候千萬求他小心着！　答應我這句話，哈爾佛特．

赫　（向索爾奈斯夫人．）　你看我的話果然不錯罷？　他把那些胡鬧的想頭都丟開了．

索夫人　哦，我這才放了心！　工人摔下來過兩回，每回都是當場摔死的．　（轉向希爾達．）　溫蓋爾姑娘，謝謝你這樣緊緊地牢籠住他．　我永遠沒有法子對待他．

赫　（頑笑．）　不錯，不錯，溫蓋爾姑娘，你會牢籠男人，如果你有心去做的話．　（索爾奈斯夫人同赫台爾醫生走到女客旁邊去，他們正對近階梯站着瞧花園裏．　希爾達仍然站在前面欄杆旁邊不動．　瑞格那走到她身旁．）

瑞　（忍笑半低聲．）　溫爾蓋姑娘，你看見底下街上那些年輕人沒有？

希　看見的．

瑞　他們是我的同學，來看老師的．

希　他們要看他什麼？

瑞　他們要他怎麼樣不敢爬到他自己的房頂上去．

希　哦，那些孩子們要看的就是這個，是不是

？

瑞　（怨恨輕屑．）他把我們壓了這些時候，現在我們要看他自己靜悄悄地在底下站着了．

希　那個你們不會看見——這次看不見．

瑞　（一笑．）當眞！　那麼，我們看他站在什麼地方？

希　高高地站在風信旗旁過！　那是你們要看見他的地方！

瑞　（大笑．）他！　哦，亦許是的！

希　他的志願是要到頂上去——所以你們就會看見他在頂上．

瑞　他的志願，是的；那個我容易相信．但是他祇是不能實行．等不到他爬到一半路，他的頭早就要暈了．那時候他就祇能逃手帶脚地重新爬下來．

赫　（指着那邊．）瞧！　工頭上梯去了！

索夫人　不用說得他還要拿着花圈．哦，我但願他小心着才好！

瑞　（疑疑惑惑地瞪着眼睛瞧，喊道．）什麼，但是那是——

希　（狂喜．）那是建築師自己嗎？

索夫人　（驚喊．）不錯，正是哈爾佛特！——哈爾佛特！

噯呀，我的天呀！——哈爾佛特！——哈爾佛特！

赫 不要做聲！ 不要對他喊！

索夫人 （半失常態。）我一定要到他那裏去！ 我一定要把他弄下來！

赫 （拉住她。）不要動，無論那一個！ 不要有一點聲音！

希 （毅然不動，眼睛跟着索爾奈斯走。）他爬了又爬！ 越來越高了！ 越來越高了！ 瞧！ 快瞧！

瑞 （不能喘氣。）他現在一定要轉身了。他做不動主。

希 他還要在那裏爬。他就要到頂上了。

索夫人 哦，我要嚇死了。我不能看了。

赫 既然如此，不要擡頭看他。

希 他站在頂高的那層木板上了。到了極頂上了！

赫 誰都不准動！ 聽見沒有？

希 （靜靜地狂喜。）到底有這一天！ 到底有這一天！ 現在我又看見他那樣自由偉大了！

瑞 （幾乎不成聲。）然而這是做不——

希 我這樣看了他整整十年了。你看他站得多穩！ 雖然是叫人很擔心的。快瞧——他在那裏把花圈掛到風信旗上去了

——

瑞——我覺得努振在這裏看完一樁全做不到的事情·

希——不錯他現在做的正是那做不到的事情——（眼睛裏表現出一種形容不出的神氣·）你看上頭還有別人同他在一塊兒嗎？

瑞——沒有別人·

希——有，還有一個同他爭勝的人·

瑞——你弄錯了·

希——那麼，你亦不聽見空中有歌聲嗎？

瑞——那一定是樹稍裏的風聲·

希——「我」聽見一隻歌——一隻偉大的歌——（狂喜叫喊·）快瞧，快瞧！他在那裏搖帽子——他在那裏向着我們這裏底下招搖——哦，快些搖還他！因爲現在事情完了！——（從醫生那裏把白圍巾搶過來，向索爾奈斯叫喊·）建築師索爾奈斯萬歲——

赫——停止！停止！千萬——！——（在廊下的女客一齊揮動手巾，底下街上的人接着大喊『萬歲·』）忽然一陣寂靜之後，大家猛然發出一聲害怕的喊叫 隱隱約約看見一個人身體同許多木板木塊從樹後跌然地摔下來．）

索夫人同女客們　（同時地．）他摔下來了——他摔下來了——（索爾奈斯夫人一個立脚不住，向後倒去，不省人事，在喊叫紛亂之中被女客們扶住．街上的人把木柵衝倒，一齊湧進花園裏來．同時赫台爾醫生亦跑了過去．半响無聲．）

希　（向上注視，像嚇呆了似的說道．）我的建築師呀——

瑞　（掠着欄杆抖索．）他一定摔了個粉碎——當場死了——

一位女客　（這時候大家正把索爾奈斯夫人擡進屋子去．）趕緊下去請醫生來——

——

瑞　我的身子一點都不能動了——

又一位女客　那麼叫一個人罷——

瑞　（努力叫道．）怎麼樣了？他還活嗎？

一個人聲　（在底下花園裏．）索爾奈斯先生死了——

另外許多人聲　（近了些．）他的腦袋都摔碎了，——他正摔在石坑裏．

希　（轉身向瑞格那靜靜地說道．）現在我看不見他在上頭了．

瑙　這眞可怕．看起來到底他不能做．

希　（好像迷迷惑惑喑喑地得意的樣子．）但是他一直爬到了頂上．並且我還聽見空中有琴聲呢．（把白圍巾在空中亂揮，很命狂喊．）我的——我的建築師！

（全劇完．）

Ibsen's Plays

Commercial Press, Limited

中華民國十二年六月初版

(世界叢書)易卜生集

(第二册定價大洋捌角)

(外埠酌加運費匯費)

著者　易卜生

譯者　潘家洵

校者　胡適

發行者　商務印書館

上海北河南路北首寶山路

印刷所　商務印書館

上海棋盤街中市

總發行所　商務印書館

北京　天津　保定　奉天　吉林　龍江　濟南　太原　開封　鄭州　西安　南京　杭州　蘭谿　安慶　蕪湖　南昌　漢口　長沙　常德　衡州　成都　重慶　福州　廣州　潮州　汕頭　香港　梧州　雲南　貴陽　張家口　新嘉坡

分售處　商務印書分館

一八一九陸